岸本葉子の暮らしの要《かなめ》

岸本葉子

三笠書房

はじめに

私は今63歳、築40年の2ＬＤＫでひとり暮らしをしています。
暮らしは自分でつくっていくもの。そう感じたのは20歳のころ、ひとり暮らしを始めてほどなくでした。

急須でお茶を淹れて飲み、次に淹れようとしたら、湿った茶葉が残っていてカビが点々と。急須にカビが生えたのを見たのは、初めてでした。親の家にいたときは、次々と誰かがゆすいで使っていたのでしょう。ひとり暮らしでは、自分が動かない限り、自分が最後に置いた通りにあり続ける。何ごともそうです。

食事をとるよう、人から促されることもない。昼まで、いえ、夜まで寝ていても誰にも何も言われない。怖いように感じました。

一方で張り合いもありました。親の家では、暮らしの品々はもとからあるものを使っていて、いわば受け身でした。ひとり暮らしでは小さな生活用品から大は部屋づくりまで、自分しだい。空間も時間も使い方は自分にゆだねられます。

とはいえ20歳そこそこですぐに、いわゆる「ていねいな暮らし」に目覚めたわけではなかったのです。のちに記すとおり、20代では気持ちが暮らしの場へ向いていませんでした。仕事をいつまで続けられるだろう、ひとりでだいじょうぶだろうかなど、先々を心配し、キッチンのシンクは乾ききっていて「そういえば炊事をしていないな」と思ったことも。それがしだいに変わっていった経緯も、ところどころに記します。

気持ちが暮らしを離れても、暮らしは常にそばにあります。大事な人を亡くしたかたが「あの人がいなくなっても世界がふつうに動いているのが変な感じ」とよく言いますが、それと通じるかもしれません。涙で鼻をかめばティッシュのごみが出て、泣き続ければごみ箱がいっぱいになり、自治体指定の収集袋に移さないといけなくなります。

食べる気は起きなくても、冷蔵庫のものを放っておくと賞味期限を過ぎてしまうので、とりあえず冷凍はしなければ。何があっても残るのは暮らしです。しかたなしに手をつける作業が、気持ちの立て直しにつながっていくでしょう。

私も病気の後、検査の結果がいまひとつだと気持ちが落ち込み、縦のものを横にもしたくないときはありました。そんなとき、使いかけのサバ缶が冷蔵庫にあるのを思い出すと、「傷んで捨てるのも、よけい気持ちが落ち込みそうだから、とりあえず煮よう」。いっしょに煮る野菜を探して、トマトと玉ネギを刻み始める。つられて生活そのものがなんとなく、すこやかなリズムを刻み始めます。
人の体は、生活習慣が悪くなくても病気になることがあります。けれど病気になった後、心は暮らしによって整います。
その意味で、暮らしは裏切らないのです。

63歳の今も「ていねいな暮らし」とはいえません。病気からは幸い回復したものの、体力は年齢なりに落ちてきます。仕事はまだしているため、家事にあてる体力はますます限られます。手を抜くところを探しつつ、自分に合う暮らしをつくっています。

手を抜きながらも心地よさを保てるよう、私がしていることを、この本に記します。私の暮らしの要《かなめ》です。

岸本葉子

Contents

1章 家づくりは居場所づくり

2章

お家時間とお外時間、それぞれの楽しみかた

3章 食事は簡単、おいしいが一番

4章 家族も友人もちょうどいい距離感で

5章

私が心地よく生きられる体をつくる

編集協力／千葉 潤子
本文写真／林 ひろし

1章

家づくりは居場所づくり

家は「素の自分」に戻れるところ

振り返れば、20歳のころからずっと、ひとり暮らし。

いつの間にか、40年以上の歳月が経ちました。

最初は、賃貸のマンションに住んでいました。

小さな部屋ですが、私にとっては「マイホーム」。大学やアルバイト先などでさまざまな人と交流しながら、学生なりの社会生活を送るなかで、その部屋は、「素の自分に戻れる大切な居場所」

だと感じていました。

スポーツにたとえるなら、活動の舞台である社会が「アウェイ」で、ひとりで自由に過ごす家がまさに「ホーム」という感覚です。

ただ〝賃貸時代〟は、その居場所を「どうすれば心地よく整えることができるか」は、あまり気にしていませんでした。

自分の持ち家ではないので愛着が湧きにくく、「長く住み続けよう」というところまでは思いが至らなかったように思います。

実際、賃借人というのは、家に縛られない分、ある意味で身軽な立場です。

「何か不都合を感じたら、引っ越せばいい」と気楽に構えていられるのです。

また、設備が劣化したり、故障したりしても、大家さんにお願いすれば、すぐに取り替えや修理などをしてもらえます。

そのせいか、「一生懸命、掃除をしなくては」とか、「大事に使って、長持ちさせなくては」といった緊張感が緩みがち。決して褒められたことではありませんが、「ていねいに住まう」意識が希薄になってしまうのです。

それに20代のころは、家具や食器などにもさほどの趣味はありませんでした。

たとえば「景品にいただいた食器でごはん食べる」ことに、何の抵抗感もないくらい。日常使うものにはほとんど頓着していませんでした。

そんな私が変わったのは、今の家を購入した36歳のときからです。

まさか自分が家を買うとは想像もしていなかったのですが、30代に入った辺りから、だんだんに「賃貸に住み続ける」ことの不安が膨らんできたのです。

というのも当時、ニュースで盛んに「ひとり暮らしの高齢者は、なかなか賃貸契約を更新してもらえず、住まいに困ることが多い」と報じられていたからです。

年をとった自分を想像したときに、

「家主の都合に左右されなくてすむマイホーム——自分の居場所を持ちたい」

と強く思いました。

あと、賃貸で毎月払う家賃がもったいない、という気持ちもありました。

30代も半ばになると、それまでに払い続けた家賃は軽く1千万円を超えます。

それでいて「柱1本自分のものにならないなんて」とむなしさも覚えました。

こちらの方が、家を買うきっかけとしては大きかったかもしれません。

同じころ、たまたま手に取った本で、こんな記事を読みました。

「自分の身の回りを、自分の趣味に合う、好きなもので設《しつら》えていくと、とても気持ちが落ち着く。心を整えるのにとても役立ちます」

この言葉は胸に刺さりました。それまではどちらかというと、「心の問題は心で引っ張っていけばいい」と考えていたのですが、

「たしかに心って、ものに影響されるところがあるな」

と素直に納得できたのです。

私が本格的に「居場所づくり」を始めたのは、そのときからです。

家を買って、家具や調度品を揃える。そのプロセスは、自分と向き合い、自分は何が好みなのかを探す旅でもありました。すべては、

「好きなものに囲まれて、心穏やかに暮らす」

ため。今も楽しくその旅を続けています。

今の家は「ほっとする」感じが好き

「家を購入する」と決めたのはいいけれど、ことはそう簡単には進みません。

やはり〝一生の買いもの〟ですから、

「ローンを払えなかったら、どうしよう。そのときは売るなり、自分は小さなところに住み替えて貸すなり、やりようはあるはず」

などと軽く考えてはみても、慎重になります。

最初のうち、丸々5年は「ひたすらチラシを見続ける」ことに時間を費やしました。「このお値段ではとても無理」「ここなら手が届くかもしれないけど、交通の便が」など、なかなか折り合いがつきません。

このままでは見つかりそうもないと、決意から6年目、ふらりと駅前の不動産屋さんへ。そこで「中古もありか」と気づき、選択肢がぐんと広がりました。

それからは早かった。希望を並べ立てる私の話に、不動産屋さんは耳を傾けて、好みに合いそうな物件を紹介してくださったのです。

「すこし駅から遠いし、古いけど、私、この家、好き」

内覧したその場で即断でした。

ただ「簡単に決めすぎでは？」と不安になったのも事実。順序が逆ですが、後から「不動産屋にだまされない方法」といった本を買って読みました。

その家はマンションでありながら、佇まいが戸建て風。窓がたくさんあり、天井が高くて、空間にゆとりのあるところがとても気に入りました。また日当たりも風通しもよく、それでいてそれぞれの部屋にちょっと〝隠れ家感〟があって、玄関から中がひと目で見通せないのが落ち着きそうでした。

周囲の環境にも惹かれました。近隣の通りは車の通行量が少なく、静か。道幅が比較的広く、ゆったりしているので、安心して歩けます。加えて、小学校帰りの子どもたちが道端にしゃがんで遊んでいたり、中学生が数人で話し込んでいたりしていて、彼らにとっても気の抜ける空間なのだなと思えます。「帰ってくると、ほっとする」感じがあったのです。

購入を決めたのはいいけれど、気になるのはローンの算段。当時はようやく女性にもローンの門戸が開かれ始めていたものの、固定給でないフリーランスの身には厳しいものがありそうでした。

ここはがんばるしかない。「この家に住みたい！」という一心で、過去数年分の確定申告を持っていき「収入の変動は少ないです。こういう本を出し、こういう連載をしています」と現物を示してアピール。謙譲の美徳をかなぐり捨てて、何とか審査をクリアすることができました。

念ずれば通ず——当時を思い起こすにつけ、「この家を買えて、本当によかった」と「出合いの喜び」を新たにしています。

エイジングを視野に入れ、ゼロからリフォーム

住まいはやがて「リフォームのとき」を迎えます。設備が老朽化するだけではなく、住んでいる自分自身が住まいに求めることも変わってきます。年齢を重ねるにつれて、若いころには想像もしなかった不都合がいろいろ出てくるのです。

私の場合、「そのとき」は36歳で買った家に住んで20年ほどしたころにやって来ました。40歳のときに患ったがんと向き合い、40代後半から50代前半に巡ってきた父親の介護も一段落したところで、

「エイジングを視野に入れたリフォームをしよう」

と踏み切ったのです。

家に入ってすぐ目に入る玄関の壁紙は、大好きなウィリアム・モリスの絵柄に。
リフォームの際に「好きなもの」を意識したことで、より一層この家を大事にしたいと思えるようになりました。

一番のきっかけは「寒さ」でした。

たとえば窓が多く風通しがいいために、外気の影響を受けやすく、とくに冬の寒さがつらい。天井が高いために、暖房した空気は上にたまり、足下が冷える。といった具合に、買ったときには魅力だったことが、60歳を前にした自分の体に合わなくなっていると感じました。

それで、壁に断熱材を仕込んだり、全室を床暖房にしたり、窓を二重サッシにしたり。「窓が大きくて、日当たりがいい」という、私の好きな特徴はそのままに、暖房効率を上げる工夫をしました。

もう1つの大きなテーマは「エイジング対策」です。

たとえば扉を開け閉めしやすいように引き戸に変えるとか、全体をバリアフリー化する、夜中にトイレが頻繁になることに備えて寝室をトイレの近くにする、トイレを脱衣所兼洗面所とつなげて浴室までひと続きの動線にするなど、〝老い支度〟に考慮しています。

このあたりは、介護の経験が役立ちました。

といっても、高齢者施設のようにするのが目的ではありません。手すりをつけたり、車椅子対応の床にしたりするのは、もっと後でもだいじょうぶそう。「老後への対策、ほどほどできた」でとりあえずいいかなと思っています。

リフォームはかなり大がかりなものになりました。いわゆる「スケルトンリフォーム」――床、壁、天井などをすべて取り払い、躯体《くたい》のみの状態にして、間取りから造り直したかっこうです。

何よりたいへんだったのは、コンセントの位置や棚の高さ、収納の奥行き、服を吊るポールの長さ、照明の位置など、細かいところまで全部決めなければいけなかったこと。自分が希望を固めないことには始まりません。

私自身はUR（都市再生機構）の賃貸に引っ越しての、3カ月におよぶ工事になりましたが、苦労したかいあって、望み通りのリフォームができました。ひとりで暮らせるだけの元気は保ち、あと20年くらいは住み続けたいと願っています。

キッチンのタイル集めに苦労したのも思い出です。
好きなタイルが揃ったときのうれしさは今でも忘れられません。

好きなものに囲まれて暮らす

リフォームでは機能面に加えて、「自分で選んだ好きなものに囲まれて暮らす」ことを、これまで以上に追求することとなりました。

それまでは「好きなもの」といってもティーカップなどの食器や家具くらいでしたが、リフォームとなると壁紙や建具に至るまで、すべて選びます。出合いを求めて何軒も店を訪ね歩く、その過程はたいへんでしたが、心躍るものでした。

たとえば玄関を入って正面、リビングに続く壁紙は、イギリスの工芸家、ウィリアム・モリスのものにしました。外から帰ってこの壁紙に迎えられると落ち着き、リビングの扉とも調和します。

鳥が好きなので、鳥をモチーフにしたモリスの絵柄「いちご泥棒」で、玄関マットやリビングのクッション、スツールを揃えました。

ステンドグラスは憧れで、窓にできたらいいけどそれはリフォームでも無理だから、照明や置きものなどで取り入れました。

キッチンのタイルは、相当探しました。発色のいい明るいネイビーを思い描いて、あちこちのタイル屋さんをさまよい歩き、ようやっと出合えて、立つのが楽しいキッチンになりました。

サイドボードとテレビボードは、リフォーム以前から家にあり気に入っていたテーブルや食器棚と、同じデザインでつくれるとわかり、一生に一度の贅沢のつもりで思い切って注文製作。

好きなものがかもし出す居心地のよさは、たしかにあります。幸福で穏やかな気持ちになれるのです。この家で1日でも長く暮らしたいから「元気で長生き」への意欲が、以前に増して高くなったように感じています。

思い切ったドアの
リフォーム。
ステンドグラスの
要素を家のいろん
なところにちりばめ
ています。

「もう使わないもの」にお金をかけますか？

「引っ越しは最大の片付け」とはよくいったものです。

リフォームに際して、仮住まいへの引っ越しと、そこから工事が終わった我が家への引っ越しと、二度の引っ越しをした私は、それを実感しています。

一度目の引っ越しのときは、家に漫然と置いてあったもの1つひとつを前に、こう自問しました。

「これって、引っ越し代をかけてまで、持っていきたい？」

それで「もういいかな」と思ったものは処分するか、あるいはたとえば本なら古本屋、洋服ならリサイクルショップに買い取ってもらうか、〝行き先〟を決めました。

二度目の引っ越しのときは、わずか3カ月後ではあっても、「新居」へ持っていくことを思うと、改めて処分を考えるものが出てきます。同じように自問。

「今度は引っ越し代プラス、開梱《かいこん》し、新居での入れ場所に収納する手間がかかる。そこまでして取っておきたい？」

リフォーム以外でも処分したときはありました。東日本大震災では、多すぎるものは危険と知り、ものを持つことにむなしさも感じて、片付けました。さらにコロナ禍では、外出を控え家にいた時間を片付けに充てました。

このように引っ越し前後も含め数段階の断捨離を経て、家はかなり片付いたと思います。空間にゆとりができてみてつくづく感じるのは「東京で一番高いのは、ものよりスペース」ということです。

「もう使わないものを家に〝住まわせる〟ためにお金をかけたいか？」

という自問から、片付けをするのも1つの方法かと思います。

「これからの自分にフィットするか？」を意識してものを買い替える

ものを処分するにしても、新しいものを買うにしても、ある程度ルールを決めてあります。私の年齢だと「これからのシニアライフにどんなものが必要か」を考えるのです。

それを考えると、惜しまず処分したり、買い替えの要不要を判断したりできるようになります。私の最近の例では、ステレオコンポ。どうやら故障したようで「修理してまで使わなくていい。買い替えもよそう。音質がいまひとつでもパソコンで聞けばいい」と。空気清浄機は、ペットもおらず、ひとりだとそんなにホコリも出ないので、リサイクルに回しました。

一度は処分したこともある圧力鍋ですが、軽くて扱いやすいものがあると知り再び購入。最近は調理器具も進化していますよ。

5合炊きの炊飯器は、食べる量を考えて、3合炊きに買い替えました。

台所用品は、大きな中華鍋と蒸籠《せいろ》、すり鉢とすりこぎなど、本格的な道具がありましたが、そこまで凝った料理はもうしないので処分。

掃除機は、コード付きのキャニスターとロボット掃除機とがありましたが、重かったり時間がかかったりで、コードレスのスティックタイプに買い替えました。

洋服は、いつものメイクで着て鏡の前に立ってみて、似合っていなかったら処分。パンツは椅子に腰かけてみて、きゅうくつなら処分。

これからのシニアライフを考えると、要る・要らないは割とはっきりします。

その上で不要なものは処分し、必要だけれど使いづらくなっているものは「これからの自分にフィットするもの」に買い替える。

それが無理なく暮らせそうです。

買い替えるなら吟味して。自分の用途と体力をよく考えて選びましょう。

自然を感じながら、気分よく仕事する

ひとり暮らしなので、できる限り働き続けたいと思っています。私の仕事は家でずることが多いので、一室を仕事部屋にしています。

若いころにつとめた会社は、灰色の金属ロッカーの並ぶ、いかにも「事務所」というところでした。そうした無機質な感じになるべくならないようにしました。

ミントグリーンの壁紙に花柄のカーテンでナチュラルに。

デスクは、ダイニングテーブルとしてつくられている木の机を。オフィス家具にはない、温もりがあります。本は「見せない収納」に。本に囲まれていると圧迫感があるので、本棚ごとクローゼットに入れています。

明るい雰囲気になるよう、コンピュータ周辺機器に造花を添えています。

多くの時間を過ごす仕事部屋。自然の中にいるような、明るい雰囲気にすることを心がけました。

色鮮やかな造花をちょっとしたところに置いたり、植物画を飾ったり。

仕事ではパソコンに向き合いますので、そういう目にやさしい仕掛けをしています。

家は1階で、小さいながら庭があるので、草木を近くに感じられます。小鳥も来ます。ときどき仕事の手を止めて、カーテンを開けて、窓越しに庭を眺めると気分がリフレッシュされます。

ひとり暮らしだからこそ守りたい「安全」と「規律」

ひとり暮らしの歳月でいえば、私は〝超ベテラン〟の部類に入るでしょう。それでも「わかっているからもうだいじょうぶ」とのんびり構えてはいられません。〝ひとり暮らし歴〟の長短にかかわらず、年齢に応じて気をつけないといけないことが、新たに出てきます。

シニアとして私が心がけているのは、大きく分けて2つのことです。

1つは、「安全」を確保すること。

ケガをする、体調を崩すなど、何かあったとき、ひとり暮らしだとすぐに誰かが気づいて助けてくれる環境にはありませんから、私はこんな工夫をしています。

・転倒しないように、動線にはなるべくものを置かない。コードは床に這わせず、ケーブルボックスに納めて、目立つ場所に置く。スリッパははかない。
・家の中の温度差は高齢者にとって命取り。寒暖差ができないよう気をつける。
・外からの侵入者を防ぐため、自分のいない部屋の窓は開けない。夜は全部の窓を閉める。予定のない来訪は受けない。宅配は極力「置き配」を指定する。

もう1つは、生活を律する「マイルール」を設けることです。

ひとり暮らしだと、何をしても注意してくれる人はいません。部屋は限りなく散らかり、生活全般がだらしなくなる危険が。

そうなるのをくい止めたいので、たとえば「帰宅していきなりパジャマにならない。パジャマは寝るときに限り、まずは部屋着に」「服は脱ぎっ放しにしない」「肌着姿でキッチンに行かない」などをルール化しています。

ルールというときゅうくつなようですが、そのうち習慣化します。「守らねば」と思うことなく、おのずと整い、ひとりでいる時間がより好きになります。

長いコードをしまうケーブルボックス。部屋も整理されますし、
足にひっかけることもなく、歩きやすくなります。床や家具と馴染む色に。

2章

お家時間とお外時間、それぞれの楽しみかた

オフはジムでダンスフィットネス

実のところ、私には決まった「お休みの日」がありません。そのときの仕事の進み具合で、「この日は仕事をしなくてもだいじょうぶかも」と思った日をオフにしています。

休むのは勇気の要ることですが、週に1日は息抜きするのが、心と体を長持ちさせることになりそうなので、つとめてオフを設けます。

オフの時間の過ごしかたは、だいたい4パターン。

家事をするか、ジムに行くか、俳句をつくるか、姉や兄と会うか。なかでも「ジム通い」をすることが多いです。

以前は「老後に備えて、筋肉を鍛えよう」という義務感から筋トレをしていましたが、今は違います。ジム通いを続けるなかで、50代半ばで出合ったダンスフィットネスに楽しく取り組んでいます。多いときは週に5日参加する、ジムの〝ヘビーユーザー〟。平日はだいたい夜8時台のレッスンに参加し、ときには系列のジムをはしごして2コマ・計2時間以上のレッスンに挑むことも。

ただそんなにスタミナがないので、ダンスの動きは小さめ。

ジャンプの動作は抜くとか、ステップの幅をあまり広くしないとか、なるべく〝省エネ〟を心がけています。

そんなふうでも、胸を張って腕をずっと上げたままダンスをしているためでしょうか。二の腕から肩の筋肉が盛り上がってきた気がします。たまの筋トレをするよりは、鍛えられているかもしれません。

ジムの会費は月額2万円。ちょっと高いけれど、エリアのどのジムも利用できて、タオルや靴を借りられるし、お風呂に入れるし。

払える間はそんな贅沢も自分に許そうと思っています。
もし経済的にきつくなったら、公営のスポーツジムを利用するなり、ユーチューブでセルフレッスンするなり〝安上がりの方法〟はいろいろあります。とくにユーチューブには「おうちヨガ」や「ストレッチ」「15分でやせるワークアウト」など、多彩なプログラムが揃っています。
シニアは、自分に合う「楽しい運動習慣」を見つけられたら、日常的に実践しやすくなりそうです。

週に3～5日ほど使うジムグッズはリュックにまとめて。ここではかわいさよりも軽さや収納力が優先ですね。

家の中では趣味や好きな系統だってがまんせずに楽しめる

「好きなものに囲まれて暮らす」ことに目覚めてから、今まで意識していなかった自分の好みに気づく機会が増えました。

たとえばカーテンを探しに行ったとき、自分ではシンプルなものが好きだと思っていたけれど、実は花柄が好きだとわかりました。

不思議に思い、記憶をたどっていくうちに、洋館のような雰囲気のある家が好きだったことを思い出したのです。

連想ゲーム的に、さまざまな記憶が甦《よみがえ》りました。幼少のころ近所にそうした家があり、やさしいおばあさんが住んでいた、戦争で苦労されたと後から聞いた、など。

好きなものにはそうなる由来、今の自分に至る〝物語〟があるのです。

花柄にちなむ物語がもう1つ、あります。20〜30代のころは、「花柄のものを持っていたり身に着けたりしたら、男性から甘く見られる。同性からも、女性らしさをアピールしていると受け取られるかもしれない」と警戒していました。

私の若いころは「女性の社会進出」が盛んになった時代にあたったのです。社会からの視線を意識し、自分の「好き」にふたをしていたのでしょう。「好き」を解放した今は、家中に花々が咲き乱れています。

ものにはそれぞれ自分史が秘められています。大切にしたい自分にとっての〝お宝〟です。時を経た味わいのあるものは、昔から家にあったものでなくても、懐かしさと郷愁をおぼえ、身の回りに置きたくなります。

その1つが螺鈿《らでん》の花台。漆《うるし》の地に貝をはめ込んだ家具です。旅先の唐津の古道具店で、1万5000円で購入しました。

引き出しをあけるとメルヘンな世界が。缶の中には裁縫道具などをしまっています。

たとえ使わなくても眺めているだけで、うっとり心がやすらぐ
アクセサリーたち。フリマアプリの「メルカリ」などで購入したものもあります。

旅先での出合いで購入した思い出のある花台。いつもとちがう場所やお店で家具を買うのもいいですね。

「見せない収納」をしている〝お宝〟もあります。チェストの引き出しにしまっている秘蔵の品。そこはシニアには似つかわしくないほど〝乙女チックな世界〟。木の下に山羊がいる童話の挿絵のような柄の缶は、裁縫箱。

裁縫は好きで、いつかしたい気持ちがありながら、先延ばしにしています。

今、針と糸を持つのは、ほつれた裾直しやボタン付け程度。ハリネズミの形のピンクッションや愛らしいボタンなどが、缶の中に入っています。

別の引き出しには、ブローチやリングのコレクション。身につけるよりも眺めて楽しむ〝宝石箱〟です。

ビーズとか色ガラスとか。メルヘンチックなものに私は弱くて、ブローチの絵柄は、バンビやふくろう、スワンなど童話に出てくるものが多いです。〝換金価値〟はほぼゼロですが、心に豊かさをもたらしてくれる、私にとっては正真正銘の〝お宝〟です。

コツコツ集めて25年。ティーセットのマイ・コレクションが完成

リビングはダイニングルームを兼ねていて、ダイニングテーブルとキャビネットを置いています。輸入家具ではなく、日本でつくられた西欧家具です。「葉山ガーデン」というメーカーです。

キャビネットの引き戸のガラスの向こうに静かに座についているのは、好きな洋食器。一度には求められないので、誕生日やクリスマスの折などに、25年間にわたってすこしずつ揃えてきました。

ここは「見せる収納」にしています。ティーカップとソーサー、同じ柄のケーキ皿、「ロイヤルコペンハーゲン」のクリスマスプレートをはじめ絵皿など。

30代半ばで洋食器に興味を持ち始めたころは、ヨーロッパの窯元を紹介する本をずいぶん読みました。それをいわば教科書として、ヨーロッパで長年愛され続けている代表的な柄などの知識を得て、そのなかで自分の食生活にも取り入れやすそうなものを、試しに1つ買うことから始めました。

白地に青の柄なら、和食器にもある色づかいなのでなじみがあります。

漆の皿とも合いそうです。

使ってみてよかったら、同じ柄の皿、クリーマー、ポットとすこしずつ増やしていきました。

はじめは店で。好きなシリーズが定まってからは、通販で買うことが増えました。通販も実店舗を持っている洋食器専門店だと、安心です。

ヨーロッパの窯元に交じって、日本の窯元もあります。

「大倉陶園」は花鳥などの伝統柄で知られ、絵付けの筆致の細やかさは、まるで日本画を見るようです。

筆致についてはヨーロッパの最古の窯元、「マイセン」もさすがです。日本の柿右衛門から影響を受けたそうです。

マイセンの緑のバラは、筆致に加え、バラを緑で描いたものはあまりなくて惹かれました。

あとは「ロイヤルコペンハーゲン」のものもいくつかあります。

動物の形の小さな置きものであるフィギュリンを毎年出していて、そのひとつにバンビがあり、乙女心をつかまれました。

これらの器はたまに使いますが、メインは「眺めて楽しむ」ことです。家にいて目に入ることが、安らぎをもたらします。

ふだん主に使うのは、食洗機に入れられるもの。

キャビネットにあるほとんどのものは金彩が施されており、残念ながら食洗機に入れられません。

さきほど述べた、60歳の誕生日に求めたのはマイセンの緑のバラと白のバラ。キャビネットの中央にあります。

それをもって私の人生における「集める季節」は終了しました。

また欲しくなることもあるかもしれませんが、そのときはそのとき。

総量規制の方針で、キャビネットに収まらない分は持たないと決め、手放す決断のできるものがそのときあって、入れ替える形でなら求めるつもりです。

「気分が上がる服」が一番

ファッションについては、大人世代としてはTPOを考えざるを得ません。

仕事をまだしている私は、企業や公的な機関の会議には、堅い服装で行きます。

スーツか、上下揃いでないまでもジャケットにボトム。色は紺かグレーと極めて地味。ブラウスは白か、それに近い無地で、化繊のもの。

いわゆる「バリキャリ」ふうの服装です。男性が、改まったビジネスの場ではネクタイを締めるようなものでしょうか。少々気の張る服装です。

それ以外のときは、同じ白のブラウスでも生地はコットン。

小花柄が全体に敷き詰められた「リバティプリント」を着ることも多いです。

リバティプリントの花柄はとても好きです。会議以外なら仕事に着ていくこともあります。以前は、さきに述べたとおり、他者からの視線をおそれ避けていましたが、もう「好き」を隠さなくなりました。

リバティ（Liberty）はイギリスに150年ほど続く、老舗の百貨店の名前です。「生活にアートを」という、日本の民藝のような考えかたのもと、暮らしの中で使える工芸品を販売し、織りものがとくに知られるようになりました。時代の洗礼を受けながら生き延びてきたものだから、流行に左右されない安心感があります。

会議に必要なもの以外の服を買うときの私の基準は、「着て気分が上がるかどうか」。

その基準が満たされれば、どの年齢層向けにつくられたものかは気にしません。買ってから実は若い人向けのブランドだったと知ることがあります。

逆にシニア向けのブランドでも、私の肌の色との相性でくすんでしまい気分が

「下がる」ようなら購入を見送ります。

服を買う際、私が意識するのは「量を今以上に増やさない」ことです。そのことが頭をよぎるシニアの人は多いでしょう。やがてはものを減らしていく身です。私がまずしたのは「衣替えをしなくてすむ」程度の量にまで整理することでした。衣替えは、たいへんな労力を要します。作業の過程に「ケガのモト」となる危険も潜んでいます。重いケースを出し入れしたり、高い棚に載せるのだったら、脚立に乗らないといけなかったり。

総量規制をした上で、「こういう服は買わない」というマイルールを設定します。私はたとえば「ストレッチ性の低いパンツは買わない」「シワになりやすい素材のものは買わない」「ラメツイードのセレモニージャケットは結局、出番がないから買わない」などと決めています。

シニアは「買ったけど、袖を通さなかった」という失敗の経験知があります。もったいなかったけれど、それを強みとしてマイルールに生かしましょう。

「簡単スキンケア＋美容医療」でお肌を健康的に若々しく整える

加齢現象がさまざまあるなかで、「お肌の衰え」は大きな悩みの1つです。
美容への意識は高くなく、努力をあまりしてこなかった私。
自然現象のひとつとして受け入れつつも、
「鏡を見たとき、身心の状態がよいと思える程度には、整えておきたい」
と思います。
老いのチェックのため、というわけではないけれど、重宝しているのが拡大鏡。
倍率はなんと7倍！「真実の鏡」という商品名でした。よくぞその名をつけた
と感心するほど、衰えがごまかしようなく、よく見えます（笑）。

もともとの遠視に老眼の加わった私は、近くがほとんど見えません。この拡大鏡がないと、アイラインが工事中の道路のようにガタガタになります。

真実の肌と向き合い、つくづく思うのは、シニアにとっての「保湿」の大事さ。とはいえ複雑なケアは続きそうにないので、ふだん使うのはシンプルに2つ。「ヘパリンクリーム」と「ワセリン」です。

正確にはヘパリン類似物質を配合したクリームです。ヘパリン類似物質はその保湿効果から、皮膚科で処方される薬に含まれるそうです。火傷をしたときなどに出される「ヒルドイド」が知られています。私の使っているのは、「ヒルマイルド」という商品。こちらは薬ではなく、スキンケア商品として市販されていて、ドラッグストアでふつうに買えます。100グラムとたっぷり入って2000円前後。基本はこのヒルマイルドのみ。すこし乾燥するなと感じたら、上から「ワセリン」という油を塗って寝ます。こちらは100グラムで数百円の世界。

以前はもうすこし値の張るシニア向けのスキンケア商品を、定期的に届く通販で買っていましたが、効果に差を感じられずに止めました。「ヘパリン&ワセリン」コンビはコストパフォーマンスがよく、これから年金生活に入っていく身には助かります。

スキンケアは安上がりに済ませ、エステにも行かない私ですが、美容医療にはすこしがんばってお金をかけています。何年前だったか、長年のシミが1回の処置で取れて驚きました。以来、そのときの悩みに応じてお世話になっています。

今、頼りにしているのは目の下のクマの改善。窪みを埋めるような感じに、コラーゲンかヒアルロン酸を注射します。目元は、若いときは脂肪があってふっくらしていますが、年をとるとやせてくるもの。いわゆる「老け顔」の元のひとつですが、この施術をすると、印象が変わります。

半年から1年の間に1回受けて、1回当たり数万円。贅沢といえば贅沢ですが、私には「高価な化粧品+エステ」よりコスパがいいように思います。どんな施術も人によって合う・合わないがあるので、まずは先生との相談からです。

ふだん使用している化粧品。
家で仕事をするときは眉メイクのみで済ませます。

愛用しているワセリン
とヒルマイルド。

「快・不快の原則」を重視して暮らす

60代になると多くの人は、家にいる時間が長くなります。仕事をはじめとするさまざまな活動が減るためです。

私は若いときから家での仕事が中心でしたが、それでも年を重ねるにつれ、〝家時間〟が増えてきた感じがします。それで、これまで以上に大事にするようになったのが、こまめに片付けや掃除をして、家の中をすっきりしておくこと。ルールというより「快・不快の原則」に拠っています。

たとえばものを出しっ放しにしないで、元の場所へ戻す。出しっ放しだと気持ちが落ち着かないから、自分にとって「快」である、しまう方へと行動する。ほとんど習慣化しています。

洗濯ものも、取り入れたらひとまず床に広げておきたいところだけれど、結局手が出て畳んでいます。疲れていたり先にすることが他にあったりして、放置したままになっていると、通るたびに何だか気になり、部屋も心もすっきりしません。すなわち「不快」であり、解消したくなる。

「快・不快の原則」に従ううち、こちらも習慣化しました。

ただ掃除は、正直いって、行き届かないところはけっこうあります。キッチンのブラインドやトイレの換気扇、窓ガラスなどの汚れは「そのうち何とかしなくては」と思いながらも、なかなか着手しません。

そういった「たまにがんばって掃除する」箇所を除いては「気になったときに、こまめにきれいにする」のが習慣。習慣を支えるのが、サッと使える掃除道具と、取り出しやすい置き場。

その代表が、最近買った掃除機です。コードレスの軽量タイプ。重くて、コードが煩わしいキャニスタータイプと違って、箒《ほうき》のような手軽さです。収納扉を開けてすぐのところに、いつでも充電してあります。

キッチンでは床のタイルに何かこぼしたら、その部分だけシャカシャカッとこすれるよう、爪ブラシを手の届くところに置いています。

全体の掃除は「しなくては」と思うだけで疲れます。汚れがおおごとにならないうちに取り除くのが、負担感をすくなくするコツです。

家にいて、ゆっくり座っている時間はあまりないのですが、仕事と食事以外で座るといえば、本を読むときです。家をすっきりとしておきたくなるのは、そのためかもしれません。あるときはリビングのソファに深く腰かけて、あるときはダイニングテーブルについて集中して、あるときは寝室でまどろみながら……いろいろなところで本を開くので、静かに本の世界へ入っていくためにも、夾雑物《きょうざつぶつ》をなるべくすくなくしておきたいのでは、と思われます。

私の家時間の要《かなめ》は、掃除にありそうです。

軽いコードレスタイプはこれからのシニアライフにもよさそう。
最近のものは軽くてもパワーばっちり。

ダイニングでの読書の時間はくつろぎタイム。
そのためにも家を落ち着く空間にしているのかも。

シニアのヘアケア、2大テーマはカラーリングとボリュームアップ

50歳前後からでしょうか、女性が髪の悩みを持つのは。男性と同じように、白髪とボリュームダウンの問題が襲ってきます。年とともに容赦なく。

これも1つの自然現象と受け入れつつ、なるべく負担の少ない方法で、カバーしていくほかはありません。

私も3カ月に一度、できれば2カ月半に一度は美容院に行くのを理想としながら、現実には4カ月くらい間が空いていることもしばしばです。そのぶん自宅でのケアをがんばらないと。

白髪については、美容院でカラーリングした後は、週に一度のペースでカラー

トリートメントをしています。お風呂はほとんどジムで入りますが、ジムではカラートリートメントはできないので、そのときだけは自宅で。

使っているのは「シエロ」というもの。一般のカラーリング剤に入っているジアミンという成分に、私はアレルギーがあるのですが、このカラートリートメントには含まれず、頭皮がかぶれません。乾いた髪にも使えるので、白髪の伸びが気になる生え際や頭頂部を中心に塗布して、シャワーキャップをかぶり、洗いものや掃除などの軽い作業をしてから、流すこともあります。こんな姿で家の中をウロウロできるのは、ひとり暮らしのよさといえそうです。

もう1つの問題、ボリュームダウンにはヘアアイロン。美容院の人が使い、いいと言っていた、「Ｎｏｂｂｙ」というヘアアイロンで、根元を挟んで持ち上げると、ふんわりアップ。今となっては必需品です！

ヘアアイロンには、ストレート、カール、両用、コードレスなどさまざまな種類があり、したい髪型や使うシーンに合わせて選べます。

ヘアアイロンは髪の毛にボリュームをもたせるのに重宝しています。
苦手意識のあるかたもいらっしゃるかもしれませんが、ドライヤーよりうんとラクにアレンジができますよ。

ヘアアイロンの温度は低めの130度に設定しています。髪も傷まない上、失敗しにくくなります。

トップをふんわりとさせたいときは、根元の毛を5cmほど挟み、軽くくるんとスライドさせます。

サイドや毛先も同じように、束にとってヘアアイロンを当てると、すぐにカールしてくれます。

リフォーム後の現在の間取り

Point
廊下をなくしたことで
寝室が広く&
トイレとも近く

Point
仕事部屋からも
緑が見えるのがうれしい

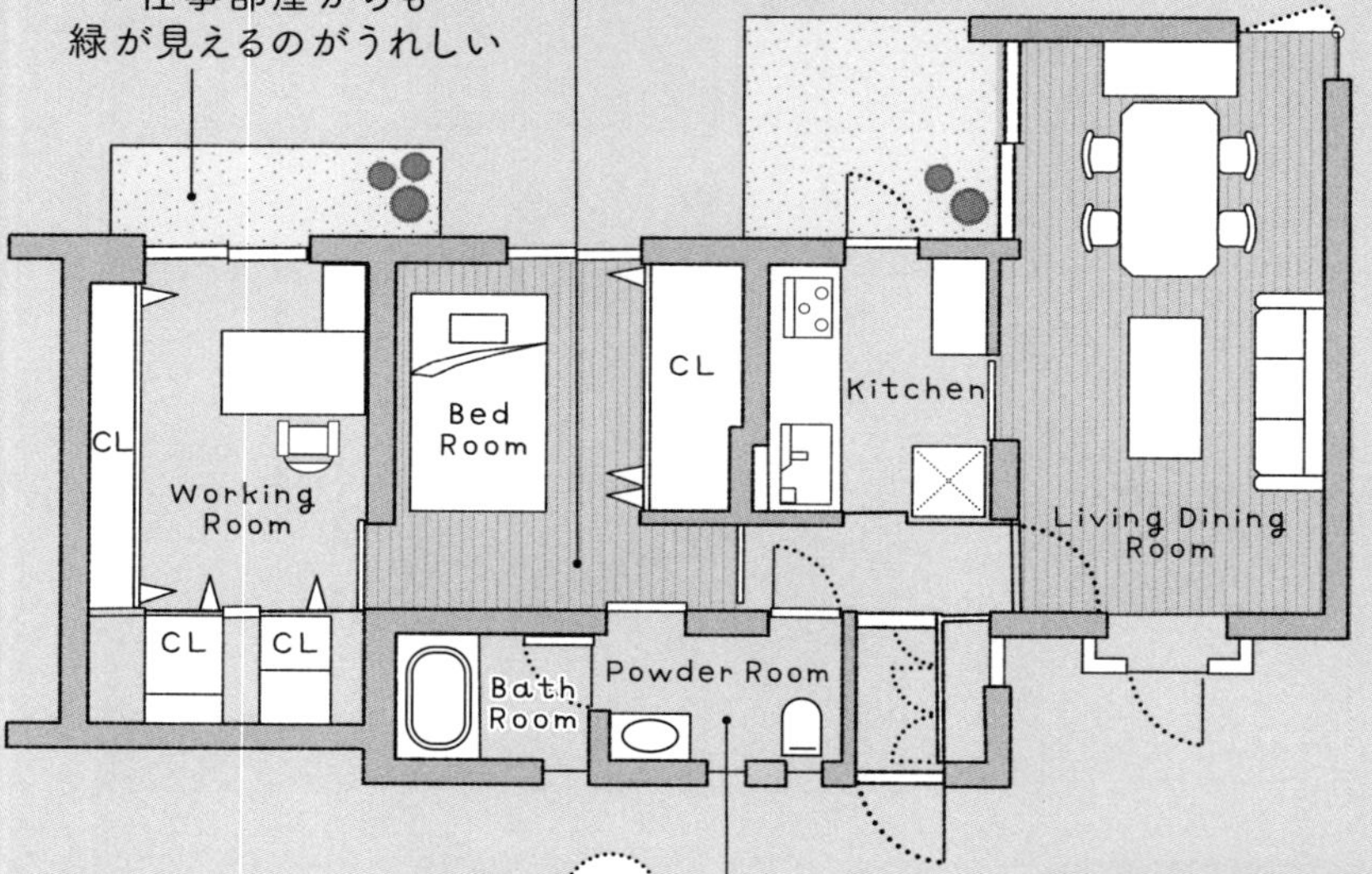

Point
壁を取り払い、
トイレからお風呂への
移動をスムーズに

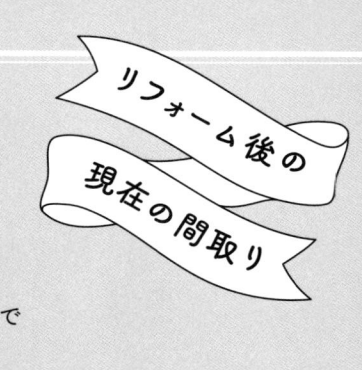

3章

食事は簡単、おいしいが一番

料理で心がけているのは体にいいごはんづくり

若いころから、料理は割とするほうです。

よく「年をとって、ひとり暮らしになると、料理をするのが面倒になる」という話を聞きますが、私はまだだいじょうぶそう。シニア期に入った今も、料理をすることは苦になりません。「年をとっても変わらず好きなこと」の1つです。

もしかしたら、私がずっと料理好きでいられるのは、「がんばって、凝った料理をつくる」みたいな気負いがないからかもしれません。

「手抜き」というと聞こえが悪いけれど、あまり手間をかけずに、パパッとつくるのが〝私スタイル〟。そのための工夫は追い追い紹介することにして、とにかく「時短」がモットーです。

たとえば「主菜の干物をグリルに入れ、焼き上がるまでの9分間に、鍋で野菜を蒸して、糠《ぬか》漬けを切り、お椀に削り節・アオサ・味噌を入れお湯を注いで即席味噌汁にし、冷凍ごはんをチンする」といった具合。名づけて「9分レシピ」。ほとんど料理らしいことはせずに出来上がります。

ほかに心がけているのは、「体にいいごはんづくり」です。

40歳のときに虫垂がんの手術を受けたことをきっかけに食生活を見直し、食材から調味料まで、選んで使うようになりました。どんな病気もそうですが、治療を受けた後の養生は、自分に任されます。

とりわけ意識してとっているのが発酵食品。「腸活」といわれるように、腸に元気に働いてもらうため、発酵食品の力を借りています。

そのおかげか腸は快調。術後20数年の今は〝規律〟をやや緩めて、外食や「中食」などで、ふだん家ではつくらないものも食べるようになりました。

味つけのアクセントは基本の調味料＋乾物

味の基本は食材そのものの味。

それを引き出したり支えたりするのが、調味料です。

たくさんの種類を揃える必要はないと思っています。

基本の調味料、よく語呂合わせで「さしすせそ」とよばれる、砂糖・塩・酢・せうゆ（しょうゆ）・味噌の5種類にみりんが、私の定番です。プラスでラクしたいときのめんつゆがあると、助かります。

「さしすせそ」は、砂糖ならしっかりした甘みをつけたいときは黒砂糖、まろやかな甘みが欲しいときはメープルシロップ、塩は岩塩、酢は京都の千鳥酢と、伝統的な製法でつくられた調味料を使っています。保存料が入っていないので冷蔵庫で保存しています。

ちなみにメープルシロップは、漢方薬を処方してくれる先生にすすめられました。これが案外、和食にも合うのです。

基本の調味料以外でめんつゆの他に重宝なのは、顆粒の昆布だしです。和えものや炒めものにサッと振り入れると、旨味が加わります。汁物のだしには、乾物の昆布を使います。前もってだしを取る必要はありません。

油は、エゴマ油とオリーブオイル。エゴマ油は和えものにひと垂らしして、油不足を補います。加熱して使うときはオリーブオイルを。

若いときはいろんな料理をつくりたくて、たとえば中華ならオイスターソースや豆板醤《トウバンジャン》、甜麺醤《テンメンジャン》、顆粒の鶏ガラスープ、イタリアンならバジルペーストやトマトソースなどを買い揃えたものです。

でも結局使い切れないまま、瓶の中でカチカチに固まってしまったり、賞味期限を過ぎたりしていました。

誰しも経験があることでしょう。もったいないので、今は「凝った味つけのものが食べたくなったら、外食するか、売られているお惣菜を買ってくるか」と決めています。

味つけに使うのは、調味料だけではありません。乾物がいい味を出してくれます。乾物を具材兼調味料とするのも、もしかしたら〝私スタイル〟かもしれません。ちりめんじゃこ、アミエビの干したもの、イワシの削り節、のりは常備。葉物野菜を軽く蒸してそれらをかけたり、汁物に入れてだし代わりとしたり。

乾物といっていいかどうかはわかりませんが、ゴマも常備しています。白の煎りゴマを、粒のままのものとすりゴマと、2種類使っています。和食にはもちろん、ゴマとアミエビとで中華ふうの味にもなります。

乾物はたぶんいろいろな栄養素や繊維を含んでいて、体によさそうなことからも、積極的にとっています。

とくによく使っている乾物です。味つけに深みを
出してくれますし、手軽な味変テクニックにもなります。

買いものは基本、週に一度

食事の買いものは、なるべく週に一度にしています。いわゆる「まとめ買い」。といっても1週間分の献立を考えて、何を買うかを決める、というような計画は立てません。

決め事は、つくり置きの汁物や、糠漬けにできそうな野菜を必ず買う、ということくらい。あとは行き当たりばったりです。

週イチで出かける近くのスーパーでは、週末に無農薬野菜の移動販売があります。その日に行って、魚や納豆、油揚げなどをいっしょに買っています。

栄養価が高いといわれる無農薬野菜ですが、私の感じるメリットは他にもあり

まとめ買いの日は大きめの買いものバッグで。ちょっとした運動にもなりますね。

ます。

1つは、野菜そのものに味があるので、味つけをあまりしなくてすむこと。

2つ目は、ふつうなら農薬のついている皮をむかずにすむこと。手間が省けます。

3つ目は、日持ちすること。葉物野菜でも1週間冷蔵庫に入れて、しおれることはほとんどなく、無駄が出ません。

しいて難点をあげるなら、旬のものしか手に入らないこと。たとえば白菜は3月でおしまい。玉ネギはある時期にパッタリ出なくなる。ニンジン、ジャガ芋もしかり。

先にメニューを決めて買いものに行くことをしないのは、そうした背景もあります。

「まとめ買い」のいいところは、無駄な買いものがなくてすむことです。店に行くといろいろなものが目に入りますが、その回数が少ないわけですから。出費が抑えられ、買いものに要する時間も節約できます。

仕入れてきた食材を、1週間で使い切ると、爽快感があります。食べものを余らせ処分するのは、後ろめたいものですから。

「まとめ買い」に行くときは、しっかり食べた後がいいようです。お腹がすいていると、つい買いすぎてしまいます。

重いのがたいへんで、将来的には、宅配サービスを利用することも考えていますが、当分は自転車を駆ってスーパー通いを続けるつもりです。

吊さない収納、重ねる収納でキッチンをすっきり

キッチンが汚れていたり、調理器具や調味料でごちゃごちゃしていたりすると、それだけで料理をするのがおっくうになります。

それは避けたいこともあり、キッチンをすっきりさせておきたくて、いろいろ工夫をしています。

1つ目は「吊さない収納」です。鍋やフライパン、お玉、菜箸などを吊して収納しているのを、人のキッチンの写真でよく見かけます。調理道具がインテリアの一部になっていて、楽しそうだし愛らしいとは思いつつ、同時に、「お玉の面にもホコリがたまって、きれいに保つのはたいへんそう」と心配になります。

キッチンに出しているのは必要最低限のものだけ。
おしゃれな「見せる収納」より、いかにきれいにしまうかを考えています。

それで私は「しまう収納」に。そのためにしているのが、２つ目の、「重ねる収納」です。

ボウルやザル、鍋類は同シリーズで重ねやすいものを使います。省スペースになります。

３つ目は、「１つのものを多用途に使う」ことです。たとえばコップの水切りスタンドに、ポリ袋をかけてごみ箱代わりに使っています。調理途中に出る、食材の切れ端などを入れるのです。お玉立ては、ポットの水切りにも。狭いキッチンなので、「一品多用途」により道具の

調理道具も同じシリーズの
商品で揃えると、きちんと重
なってくれます。
見た目もすっきりするのも
うれしいところ。

数を減らせると、収納がラクになります。

4つ目は、「冷蔵庫の側面を収納スペースとして活用する」こと。「山崎実業」という会社の マグネットで留めるキッチンペーパーホルダーとラップケースを使っています。

キッチンペーパーホルダーは2つ付けて、1つにはトイレットペーパーを。ちょっと何かを拭きたいときに便利です。ラップホルダーには、魚焼きグリルでよく使うアルミホイルを入れています。

ほかに鍋敷き、鍋つかみのミトン、キッチンタイマーなども、〝マグネット収納〟しています。

5つ目は、「ガスコンロ回りは、汚れたら、すぐに拭く」こと。

煮物が吹きこぼれたり、油が飛び散ったり、コンロ回りは汚さずに使うことなど無理。時間が経つと固まってやっかいなので、汚れはそのつど、トイレットペーパーを水で湿らせ拭き取ります。

根菜を味わい尽くす

野菜のなかでも根菜が好き。葉物野菜でなかなかとれない栄養が含まれていると聞きますし、食物繊維も豊富。外食ではとりにくいこともあり、根菜を食べていると「体にいいことをしている」気になれます。

糠漬け、煮物、汁物と、3つの料理法で味わい尽くしています！

糠漬けから、まずは紹介します。

家でつくるようになって、もう20年以上になります……と人に話すたびに言われます。「毎日かき混ぜるなんて、自分にはとてもできない」とか「においが耐えられない」「塩分のとりすぎが怖い」。

それらはたぶんに思いこみ。というか、そうならない工夫があるのです。

たいへんなイメージのある糠漬けですが、始めてしまえば案外と簡単です。

「毎日かき混ぜる」問題は、冷蔵庫でつくるとあっさり解決します。数日おきでだいじょうぶ。夏の暑いときでも、糠床が悪くなることはなく、キッチンがにおわないのも、冷蔵庫で保管するよさです。

糠味噌を一から手づくりする必要はありません。私はたまたま、ふだん食べるお米を家で精米することから、そのときに出る糠を使っていますが、スーパーですでに出来上がっていて、今日からでも漬けられる糠味噌を売っています。

気になる塩分も冷蔵庫に入れれば控えめでOK。

そして栄養素は、野菜が生のときより増すのだそうです。

旨味があり、食感もやわらかくなるので、生野菜よりたくさん食べられます。出がけなどの時間がないときは、さっと糠味噌を洗い落として、立ったまま食べられるくらい。お行儀は悪いですが。

いずれも発酵の力です。耳かき1杯程度の糠味噌に、何億もの微生物がいるのだとか。腸活になるわけです。

根菜の2つ目の料理法は煮物。

「ダイコンと油揚げの煮物」をよくつくります。あればニンジンも入れて。

圧力鍋なら、具材の大きさによりますが、15分から長くても20分の加熱でOK。

ジャガ芋ならもっとふつうの鍋より「時短」ができます。

「時短はわかるけど、重たくて……」という声をよく聞きます。

私も同じ理由で一度、手放しました。

でも最近は、容量が少なめで、シニアにも扱いやすいのが出ていると知って購入。

軽量タイプに買い直して、本当によかった。思い立ったらすぐに煮物をつくれます。

ダイコンの旬が過ぎたら、ジャガ芋の煮物にします。

根菜料理の3つ目は汁物。ダイコン、ニンジン、玉ネギなどを小さく切り、だし昆布とともに水煮して冷蔵庫へ。味はついておらず、汁物のもとを、まとめてつくっておくのです。毎回一から熱を通すのは、たいへんなので。

食べるぶんだけ電子レンジで温めて、味噌を溶き入れるなど、器の中で味つけ。

「根菜って案外、手間要らず」と感じていただけたらうれしいです。

「お家ごはん」は簡単でおいしければよい

自分でつくって食べる「お家ごはん」は、やっぱりおいしく感じます。テレビの食レポみたいに一口食べて「わっ、おいしい！」とのけぞるようなおいしさではありません。

ビックリするほどおいしいものは、2日続くと疲れると思います。毎日食べても飽きなくて、負担感のないのが「お家ごはん」のよさでしょう。

誰の本にだったか「家庭料理は一口食べたとき、もの足りないくらいがいい」とありました。まったく同感です。

外食で出合う、カツオ節をふんだんに使ってだしをとったお味噌汁もそれはそれでおいしいですが、落ち着くのはいつもの、つくり置きの昆布と根菜の水煮をもとにした、少々気の抜けたようなお味噌汁。

力の入った料理はお店に任せて、家ではなじみのものを簡単に。

スーパーによく置いてあるレシピカードは、そこで提案されているおかずが、ずいぶんと手の込んだものに思えます。カジキマグロとアスパラガスのソテー、オレンジ風味とかとあると「何もそんな複雑なことをしなくても、カジキは焼いて、アスパラは蒸して、オレンジは切って、別々にそのまま食べればいいのでは?」と。家族が多いと、いつも同じというわけにもいかないのでしょうか。

私のつくるのは、ひとり暮らしのラクさで、焼くだけ、蒸すだけ、煮るだけのもの。味つけは、ほんの数種類の調味料か、調味料代わりの乾物でするだけ。ほとんど食材の味で食べているようなものです。

それが飽きが来ず、負担も少ないので、続けられる理由かもしれません。

蒸し大豆とちりめんじゃこの和えもの

蒸し（ゆで）大豆と乾物の輪切り唐辛子、ちりめんじゃこを電子レンジで10秒ほどあたため、しょうゆ少々で香りづけします。

葉物野菜のおひたし

ざく切りした青葉を無水鍋で蒸して（ふつうの鍋でゆでてもよい）器に移しアミエビとしょうゆ（または、めんつゆ）少々とあえます。

さつま揚げや玉ネギ天などの練りものも、冷たいままいただくのではなく
グリルでサッと焼くと、味と香りが増します。

タンパク質は魚でとる

食べものの好みは、さまざまです。体質も人それぞれだし、持病のあるかたもいるでしょう。

何をもって「体にいい食事」とするか、一律には語れません。

よく「元気なお年寄りは肉を好きな人が多い」といわれます。たしかにタンパク質は、この先大事になっていきそうです。自立した生活の要である筋力を支えるものだから。

私は胃腸がタフでないので、脂っこいものはもたれます。おのずと家での食事は、和食になります。

タンパク質をとるのは、肉より魚で。主に焼き魚、たまに煮魚をします。魚も脂がありますが、調理により適度に落ちます。

魚も、週1回の買い出しの際にまとめ買い。干物か、生魚では切り身が保存しやすいです。干物は帰ったらすぐに冷凍。3枚入りのものなど、「いつ食べようか」と迷ううち、賞味期限を過ぎてしまったり、賞味期限内であっても色が悪くなってから慌てて冷凍し、味が落ちたものを食べることになったりするからです。

ただ冷凍しても、2週間以内には食べ切るようにしています。自分でラップすると空気にすこしはふれるので、脂が酸化したり乾燥したりしてくるのです。

生魚の切り身は2枚入りのものを買って、フリーザーバッグにしょうゆとみりんと砂糖を混ぜたところへ入れて、漬けこみます。1切れは翌日食べ、もう1切れは翌々日食べないなら、袋ごと冷凍。

もたれるとはいえ油脂は、体に必要な栄養素。おひたしや和えものにエゴマ油やオリーブオイルを垂らすなどして、補うようにしています。

サワラの漬け焼

しょうゆ大さじ1、砂糖小さじ2、みりん大さじ2に漬けます。漬け汁がゆきわたらなかったら水少々を足して。甘さは好みで加減して。アルミはくに載せてグリルで焼きます。

食事はしっかり食べてこそ元気のモトになる

家では和食というと、よく返ってくる言葉が「一汁三菜を揃えるなんて、たいへんそう」。この「一汁三菜」へのとらわれからの解放が、ごはんづくりをラクにすると思うのです。

そもそも「一汁三菜」が和食の基本というのは誤解で、基本は「一汁一菜」、「一汁三菜」は特別な日の料理という説があります。

料理研究家の土井善晴さんが、一汁一菜でよい、汁は具だくさんの味噌汁、菜は漬物、と提唱しているのを読み、わが意を得たりでした。

私は、煮物のつくり置きがあるときは、それと漬物に魚を焼いて「三菜」になります。でも必ず、ではありません。

時間をとれないときは、ごはんと糠漬けのみのことも。

それでも菓子パンでお腹を満たすよりは栄養がとれ、「しっかり食べる」ことができるかなと思います。

ごはんは、まとめ炊きして冷凍すると、こういうときに助かります。

お米は、前に触れたように玄米を買っています。

玄米のまま炊いたり、家庭用精米機で胚芽米にしたり、たまに白米にしたり。

家庭用精米機は、ひとり暮らしの味方。

ひとり暮らしだとお米はそう早くは減らず、保管するうちに味が落ちてしまいますが、炊くときにそのつど精米すると、5kg入りの袋で買っても、最後までおいしくいただけます。

家庭用精米機は炊飯ジャーよりずっと小型でコンパクト。

操作はワンタッチ。

日によりますが、しっかり食べる日のメニュー。和食ですと、食べた後も、胃がもたれず体がラクなのです。

「一汁」の具は、水煮しておいた根菜だったり、豆腐を手でくずし入れたり、アオサと削り節と味噌をお椀に入れて、お湯を注ぐだけのときも。

「三菜」の主菜は、魚がないときは玉ネギ天などの練り物で代用。副菜二品は、根菜の煮物や、蒸し大豆とちりめんじゃこの和えもの、葉物野菜のおひたしなど（100ページで紹介）。

むろん糠漬けも。

それが、もっとも「しっかり食べる」ときの献立です。

〝冷凍食品〟はほぼ自前
たまに缶詰やレトルトを活用する

冷凍室に、市販の冷凍食品はほとんど入っていません。自分でつくったもの、すなわち自前の〝冷凍食品〟で、今のところ事足りています。

必ず入っているのは、ごはん。玄米ごはんと胚芽米ごはんと、この2種類はたいていあります。

一度にいただくのはせいぜい半合なので、毎回炊くのは現実的ではありません。労力や電気代などのコストにしても、味にしても。

2合をまとめて炊き、小分けにラップし冷凍します。

冷凍したごはんは、1週間を過ぎると味が落ちはじめる、1カ月以内には食べ

きるようにといわれますが、期限を気にしたことのないほど、日々着実に「消化」しています。

ごはんの他は、干物や漬けた魚を冷凍。

そのほかの食材は、冷蔵庫に保管し一週間でほぼ食べきりますが、もしも余ったら冷凍。ショウガは野菜室のすみで〝忘れられた存在〟になりがちなので、買ってすぐ皮ごと冷凍。使うときは、凍ったまますりおろします。

汁物は、液体が漏れないジップ式のフリーザーバッグで冷凍。平らに薄く凍らせるのがコツです。使いたいぶんだけ簡単に割れます。

厚みがあると、1食分だけ解凍するのがたいへんになります。

ふだんの自炊は和食が多い私ですが、「キャベツとイワシのペペロンチーノ」ふうパスタはよくつくります。洋食の味が欲しくなったとき、胃に重すぎることもなくいいのです。

これらの〝冷凍ストック〟に加えて、あると安心なのが、缶詰やレトルト食品。缶詰は、「銚子港のオイルサーディン」を常備しています。大きめのふっくらしたイワシが2尾か3尾。それをざく切りにしたキャベツと、乾物のスライスにんにくと輪切り唐辛子とともに蒸して、ゆでたパスタにからめれば「キャベツとイワシのペペロンチーノ」ふうに。家でつくる数少ない洋風料理です。イワシ缶に代えて、ツナ缶でもＯＫ。

もっと手を抜きたいときは、レトルト食品の「ベジタリアンのための野菜カレー」を玄米ごはんにかけて。タンパク質は、レトルト食品の「蒸し大豆」で補います。〝畑の肉〟である大豆を、肉に代わる具材にするのです。ピーマンを電子レンジで加熱したものか、生で食べられる葉物野菜をのせると、緑が加わり、栄養も豊かに。これも、我が家で味わう洋風料理の1つ。

缶詰やレトルト食品を活用すると、「簡単お家ごはん」のバリエーションが広がり、プラスひと手間で栄養面でも「しっかり食べる」ことができます。

たまの息抜きにお惣菜や外食を利用する

「簡単お家ごはん」と言っても、その「簡単」なことすら面倒、そのひと手間をかけるのが疲れて無理、という日は、もちろんあります。60代になって増えてきた気がします。体力が落ちてきているのでしょう。

そんな日は、無理してキッチンに立ちません。

私の場合、「疲れて無理」と感じるのは外出した日。そのときは、帰りにお弁当やお惣菜を買って、家で食べます。

ただお弁当は、和食のものでも結構、胃にもたれます。あっさりしていそうに見えて、意外と油っこいのです。

ちくわ天のような揚げものが入っていたり、きんぴらごぼうも油を多めに使って炒めていたりするのでしょうか。食べ終わった容器を見ると一目瞭然です。プラスチック容器は、資源ごみにするため洗って出すのですが、洗剤をつけたネットでこすっても、なかなか油汚れがとれず「こんなにも油っこかったのか」と驚くほどです。

味つけが濃いことも感じます。塩分や油が多めなのは、持ちをよくしたり水分が出ないようにしたりするための、お弁当の「宿命」とは知りつつも、買って、心から「よかった」と思うことは、申し訳ないけど少ないです。「おいしかった」というより「ラクができた」「体力的に助かった」というありがたさ。

さっぱりしている点で、「ちよだ鮨」の梅キュウリ巻きやサバの押し寿司は、ときどき買います。最近出合った「築地魚弁」のサワラの西京焼き弁当も、飽きが来ません。この2つは頼りにしています。

「ごはんは、家に冷凍してあるのを温めるとして、おかずだけ買って帰ろう」というときもあります。そのときはお惣菜の店へ。

お惣菜店の面白さは、意外な食材の組み合わせがあることです。手の込んだものをつくったり、複雑な味つけをしたりすることには、心が動かず、料理はシンプルが一番と思っている私ですが、ショーケースに並ぶお惣菜を見ると、取り入れたくなるものがあります。

乾物のゆばを、汁物に放り込むだけでなく、おひたしに加えると、彩りも食べ応えも出そうだな、など。「お家ごはん」のヒントになります。

今はおしゃれで、バラエティに富んだ「デリカテッセン」が、駅構内など身近なところにあり、ショーケースを目にするのも楽しいです。

味つけが濃いと感じるのは、お弁当と同じ。そのときは家で、豆腐を崩し入れたり、野菜を切って加えたりします。

お弁当だと〝味変〟させるのは難しいけれど、お惣菜なら、調整しやすいです。工夫して自分好みの味にしています。

外で食べて帰ることは、とても少ないです。外出の途中でどうしても食べる必要のあるときは、おにぎりを買います。「おむすび権米衛」や「ほんのり屋」など。駅ビルや地下構内など、どこかしらにあり、とても助かっています。近くに飲食スペースがあればテイクアウトで、なければ店内で。ランチの看板はさまざまな店に出ていますが、シンプルなおにぎりが一番当たり外れがありません。

そのほかに外食するとしたら、デパートのレストランフロアにある中華料理店で海鮮焼きそばを。家の食事では油が不足するのか、たまに食べたくなります。

シニアのひとり客には、いわゆる「町中華」や餃子のチェーン店は入りにくいものですが、デパート内のレストランは、デパートそのものがシニアを主な顧客としているので安心です。そう感じるのは私だけではないらしく、行くと決まって数人は、シニアのひとり客がいて、海鮮焼きそばや五目焼きそばを黙々と食べています。そのチョイスがとてもわかるのです。海鮮焼きそばも五目焼きそばも、家でつくるのはたいへん。エビ、ホタテ、イカ、しいたけ、ニンジン、キャベツないし白菜、五目焼きそばなら豚肉と、何種類もの具を買い揃えることから始まって……。

たまにきょうだいと入るのは「星乃珈琲店」。コーヒーはもちろん、オムライス、ナポリタンなど「昭和の洋食」ふうのごはんが割とおいしいのです。家族のためにさんざんカレーをつくってきた姉も、ここのビーフカレーには感動していました。懐かしの洋食に加えて、ゆったりした雰囲気を味わえるのも「星乃珈琲店」が好きな理由の1つです。革張りの座り心地のいい椅子、それこそ昔家族と行った洋食店さながらの白く厚みのあるお皿、重みのある銀のスプーンやフォーク、ていねいな接客など。外食ならではの魅力です。

たまの外食は「お家ごはん」への刺激にもなります。

「これはこれでいいけれど、毎日食べるならやっぱり家のごはんだな」と。

つくり続ける動機づけを得られます。息抜きプラス「お家ごはん」の活性化として、中食や外食をときどき利用したいです。

4章

家族も友人も
ちょうどいい距離感で

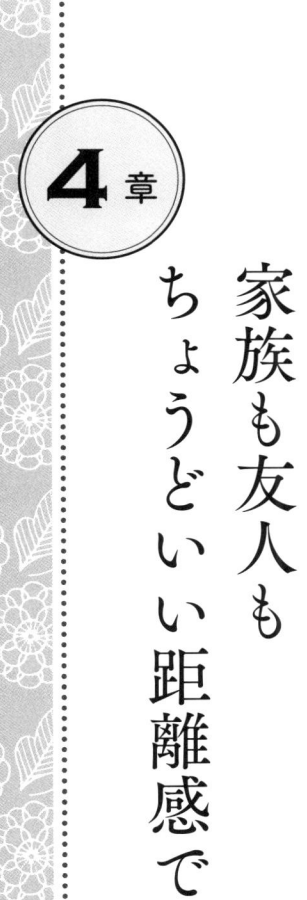

きょうだい3人で「チーム介護」

父のことが心配になってきたのは、父が80代半ばになったころです。

母はその10年ほど前に亡くなっていて、当時の父は一軒家で兄と2人暮らし。マンションのような集合玄関がないため、いきなり人が訪ねてくることができてしまいます。怪しいセールスもありました。

家の中で転倒することも出てきて、ひとりにしておくことが危なっかしく感じて、兄と姉と私と、きょうだい3人で話し合い、協力して介護をするようになりました。

後から考えると「チーム介護」といえるのですが、はじめからそうと決めてチームを組んだわけではありません。行き当たりばったりで態勢を整えていったのが実情です。

私が先に場所だけ確保。自分の家の近くに、マンションを購入しました。ひとりにしておくことが不安になってきた父が、セカンドハウスのように来て過ごし、きょうだい3人が代わる代わる出入りすればいいかという、漠然とした構想を持ちました。父の家へ、姉や私が出入りすることはすでにしていましたが、私の家からも姉の家からも遠かったのです。兄の職場からも遠くて、兄が仕事の合間に往復するのもたいへんでした。

マンションを借りるのではなく購入したのは、家賃の負担がないからという、いたってシンプルな理由です。家賃を払わないといけないと、構想どおり父が住むようになったら、長生きすればするほど負担感が出てきます。それは避けたい。また、構想と違って父が住まなかったとき、人に貸すこともできます。

購入ではローンを払いますが、月々の額は家賃より安くすむのです。施設の費用のように、払ったら戻ってこない、ということはありません。このスタイルなら、失うものはないと思えました。

施設の費用に言及したのは、父ひとりサービスつき高齢者向け住宅のような施設に入居するような備えがなかったためです。ただ、仮に備えがあったとしても、子どもたちがすぐにその決断をしたかどうかは、定かではありません。

場所だけ確保したものの、私ひとりが頭に描いていた構想だったので、話してピンと来てもらうまでに時間がかかりましたが、どうにか「チーム介護」をスタート。父が86歳のときです。当初はセカンドハウスの構想どおり、月の半分くらいをマンションで、残りはもとの家でと、兄の運転する車で行ったり来たりしていましたが、移動がたいへんとわかり、マンションの方に「定住」しました。

「チーム介護」が結果的にまあまあうまくいったわけは、振り返ると次の要因がありそうです。3人の「できること」がそれぞれ違ったこと。お互いに、相手にないものを提供したこと。分担はおおむね、次のようでした。私は場所を提供。

遺品整理はしましたが、母と父を思い出すものをすこしだけ手元に残しています。写真は、私の母子手帳と、父が最後に暮らしていた家の鍵。

平日はほとんど時間を提供せず、行くのは土日に。比較的時間の融通の利く姉は、平日の朝から夕方まで。兄は、仕事から帰った夜の時間を。手続き関係も受け持つ。介護の必要度が上がってくると、姉の子どもたちがチームに加わりました。父の家に来ない時間、どこで何をしているかをお互い詮索しなかったことも、関係がこじれなかった大きな理由です。

協力して介護したことが知られると「仲のいいきょうだいですね」とよく言われますが、別にそうでもなく、親が元気なころはそれぞれの生活でいっぱいでした。むしろ介護を通して距離が縮まり、結びつきが強まりました。きょうだいの仲も変わるのです。

父は何度か入院をし、「今度退院したら自宅での生活は難しいだろう」と医師に言われ、施設を探している最中に亡くなりました。90歳でした。「あのときああすれば」という小さな後悔はあるけれど、そのときに考えられるベストを家族のそれぞれが尽くしたと、思うことにしています。

父亡き後にやって来た「虚脱感」と「解放感」

人間、長く生きていれば、大切な人を亡くすというつらい経験を避けて通ることはできません。

私にとっての大切な人は両親です。母は、私が36歳のときに亡くなりました。享年73歳。心筋梗塞で入院し、数日後に二度目の発作があって、あっけなく旅立ってしまいました。

そのときはあまりに突然のことで驚き、段取りすべきことが次々と来て、悲しみや寂しさに沈む暇はありませんでした。

「これからは高齢の父を、私たち子どもが支えていかなくては」

という責任から、気持ちが強く張っていたのを覚えています。

父が亡くなったときは、私ももう50代になっていて、5年間の介護を経てのことでもあり、肩の荷を下ろした感がありました。

「父を送ることができてよかった。がんになったときに、親より先に逝かないことをひとつの目標にした。親に私の葬式を出させず、自分が親の葬式を出す。その目標は達成できた」

と安堵したのです。

しばらくして、心に2つの異なるものが訪れました。

1つは「虚脱感」――。

介護している間は、自分が父を守っているように思っていたけど、逆だったと気づきました。親は自分を肯定してくれる存在で、二親ともいなくなったのは、精神的な支えを失ったような感じがありました。後ろ盾とはよく言ったもので、まさしく背中がスースーするような、頼りなさでした。

もう1つは、親には申し訳ないけれど重圧からの「解放感」です。介護は、ひとりの人の命を預かることです。その重さは空恐ろしいものがありました。父の家にいないときでも、土日は行けるよう、仕事を何としても終わらせないといけない、突発的な事態が起きたら土日でなくても駆けつけられるよう、前倒しで進めておかないといけないという緊張も、常にありました。

時間の余裕は、亡くなった後の方ができたことは、事実です。

介護の間、よく見た夢に次のものがあります――分厚い本を読んで、覚えなくてはいけないことがあるのに、時間がない。これだったら1日で覚えられるかもと思う薄い本を、書店で探し、求めた。家に帰って、さあ読もうとすると、どの部屋の扉を開けても、誰かしらがいる――父亡き後はまったく見なくなりました。

「虚脱感」と「解放感」――相反する思いにとらわれた数カ月は、大切な人を亡くした後に通るべき「追悼のとき」であったように思います。

家族は「自立した関係」が心地よい

今では80歳以上の女性の3割以上がひとり暮らしになるそうです。家族と暮らしていた人も、夫と死別したり、子どもが独立していったりします。

ずっとひとり暮らしで63歳になった私も「家族がいない」不安はわかる気がします。年を重ねるにつれて、健康問題をはじめ、頼りない気持ちになることは増える一方です。

その点、きょうだいは心強い存在です。実際に頼ることは考えていないけれど「いる」ことが支えになるのです。そうなったのは、介護を経てからでした。

介護の中のできごとなどは、社会生活で接する人には話しません。

何が起きてどういう事態だったか、きょうだいだけが知っています。事態をめぐって、そのときは意見の違いや対立があったとしても、同じ経験を共有した「同士」のような関係になります。

父の死後しばらくは、よく会いました。

そのときできる精一杯をしても、介護には後悔がつきまとうもの。

きょうだいで顔を合わせては、

「あのときどうしてあんな言いかたをしてしまったか」

「あのときは、ああするより他なかったよ。よくやっていたよ」

よそでは語れぬ思い出話プラス言葉がけをし合うのが、慰めとなりました。

さきに書いたとおり、私が父の家に行かない日に「なぜ来られないか。どこで何をしているか」ときょうだいがまったく聞かないのが、あっぱれと思いました。

「チーム」とはいえ互いのプライバシーを尊重し、距離を持ってつき合うことを学びました。

写真は整理しつつ、思い入れのあるものは大切に保管しています。

きょうだいでも、別々に生活した「歴史」の方がはるかに長くなっています。異なる生活習慣ができています。

1つの家に交代で出入りしていると、家事のしかたに違和感を持つ、ありていに言えばイラッとする場面はお互いにあります。本当にささいなこと、たとえば洗濯のハンガーをしまう・しまわないとか、しまうならば向きとか。

異を唱えては協力関係にヒビが入ります。「人には人のやりかたがある。我を通してはいけない」と思うようになりました。介護を通し「自立した関係」を、きょうだいと結び直すことができた気がしています。

来客もまた楽し 気軽で手軽なおもてなしを

来客があると、いつもよりすこしていねいにお掃除をしたり、ふだんより多めの食事を用意したりします。ひとりの時間が好きで、人づき合いの少ない私ですが、だからこそというべきか、おもてなしのためにちょっとした準備をするのは、気は張るけれど楽しいです。

もっともよく来る客は、きょうだいです。介護を共にした姉の子どもたちも、ときどき来て「介護同窓会」のようになります。

他でなじみとなった人が来ることもあります。「ホームパーティ」に数えられるでしょうか。

来客時のティーセットは使うのに
緊張しないものを。
写真は「グリーンゲイト」のセット。

といっても来客時に料理をするのはたいへん。私も台所に立つ時間を短くして、できるだけ皆といっしょにテーブルについていたくて、出来合いのパーティセットやお弁当にします。前もって人数分を注文しておき、当日は取りに行くだけ。つくるとしたら、野菜のおかずと汁物くらい。

飲みものはお茶とジュースをピッチャーに移し替え、あるいはペットボトルのままサイドテーブルに置いて、好きなものを好きなだけ入れていただきます。

お客様に買いものをお願いするときもあります。「果物を。まな板と包丁を使わないですむものか、カットフルーツか」「個包装のチョコレートを。最寄り駅の構内のスーパーにあります」。なるべく具体的に頼む方が、頼まれる方もあれこれ考えずに済み助かるそうです。

ホームパーティは呼ぶ方も、呼ばれる方も、負担感がないのが一番です。「気をつかわなくて楽しかったです」と言っていただけるのを目標に「心を込めてお手軽に」おもてなしをします。

友だちがいなくても寂しくない

老後を楽しく過ごす上で、友だちは必要といわれます。そのための備えを呼びかける言説にも、よくふれます。

「老後が寂しくならないよう、友だちは多くつくっておく方がいいです」

「子どもたちが巣立ち、伴侶に先立たれたら、ひとりになります。心に寄り添ってくれる親友を、今からつくっておきましょう」

私は少々疑問です。友だちがいるのはよいことだし、つくろうとするのを悪いともいいません。が、友だちを将来のための〝保険〟にする、もっといえば人を老後の安心という目的のための〝手段〟にする発想になじめないのです。

「つくる」と考えずに、もっと自然体で人とつき合っていいように思います。

「友だち」をどう捉えるかによりますが、私にはそう呼べそうな人はほとんどいません。若いときからずっと続いていて、何でも相談し合えるような、いわゆる「親友」は皆無です。

「友だち」をもっとゆるやかに捉えるなら、学生時代も社会人になってからでも、そして今もおおぜいいます。そのときどきの仕事上行き来があり、気が合うと感じる人や、俳句やジムなど趣味でよく顔を合わせる人。そうした浅いつき合いの人のみでも、寂しいとは感じないし、欠落感に悩まされることもありません。

逆に、特定の人と密に、深くつき合うことの方がリスキーに思えます。「友だちなら、わかってくれるはず」「こんなふうに行動してくれるに違いない」といった期待値が高くなるからです。

それで自分の望むように相手がふるまってくれなかったら、失望し、裏切られた気持ちになることでしょう。期待のないところには、そうした不安は生まれません。

それには「互いのプライバシーに踏みこまない」ことだと思います。もちろん、話の流れでたまたま漏れ聞くことはありますが、訊ねようとはしません。「お住まいはどちら?」くらいのことでも、相当に慎重になります。

よその人どうしの会話で、身上調査のような質問をしている人に驚くことがあります。「家族と住んでいるの?」「お仕事は?」「ご主人はどんなお仕事を?」「お子さんはどちらの学校?」など。

知ったからといってその人との関係がどうなるわけでもなく、単なる好奇心です。好奇心のあることを否定はしません。私にもありますが、誰にも他人にはわからない「触られたくないところ」があるものだし、そうした情報がなくても、親しみは持てます。

そのときそのときに縁のある人と、つかず離れずの心地よい関係でいるのが、私の「友だちづき合い」です。

俳句は社会につながる扉
仲間との集いが楽しい

俳句を趣味として、早16年。40代半ばで始めました。

きっかけは仕事でした。テレビの俳句の番組のゲストに呼んでいただいたことから、その番組の投句コーナーに、ときどき送るようになったのです。

ただ入選しない限り、自分の送った五七五が俳句になっているかどうかもわかりません。半年ほどその状態で、ほとんど止めかけていたとき、仕事先の社内句会にお誘いをいただきました。

「渡りに船」とばかりに参加。その社内句会も半年ほどでなくなってしまいましたが、「だったら来てみる?」と他の句会から声をかけていただくように。「叩けよ、さらば開かれん」のとおりで、行動すると道につながることを実感しました。

句会のスタイルはさまざまです。初めの社内句会は、会議室で行っていましたが、飲食店でするところも。ユニークなところでは、「句会酒場」のような店がありました。店主が俳句好きで、同好の士が集まり句会。店主も料理をつくりながら参加します。飲む・飲まないにかかわりなく楽しめます。残念ながら、建物の老朽化に伴う立ち退きで、そこもなくなってしまいました。

俳句好きの人たちは、すこし時間があると「句会する？」という声が誰からともなく上がります。電車までの待ち時間に駅前のファストフード店でなど、いつでもどこでもできるのが句会のよさです。

基本のルールは、投句して誰の句かわからないようにして、好きな句を選ぶこと。それには短冊状に細く切った紙を配ることから始めます。何時までに何句と、題を設けるなら題も決めて、それぞれ句をつくり、短冊1枚に一句ずつ書いて、自分の名は記さずに出します。集まった短冊をシャッフルして回覧するか、時間のあるときは清書したものを回覧して、それぞれが好きな句を選び、発表します。好きな理由などを話し合い、誰の句かを発表するのは最後。「私の句が選ばれるかも」とドキドキしたり、つくった人が意外で驚いたりと、ゲーム性があります。

句会をしていると言うと、秋風とか月とか「雅なことを詠む風流な遊び」をイメージされることが多いですが、ごくごく日常的なシーンを句にします。締め切りまで短く、ほとんど即興でつくりますから、凝ったことはしていられません。桜のような和歌の世界からある伝統的な季語でも、「夜桜やポケットティッシュ買うて来て」といった、ふだんの生活から思いついたような句が、よく出ます。それを選んで「花粉症の自分は、ティッシュを夜買うことがよくあるから共感します」などと話していると、ご家族は、お仕事はといったプライバシーにふれずして、何時間でも共に過ごせます。

「吟行《ぎんこう》」といって、机の上ではなく散歩して、俳句をつくることもよくあります。

外を歩いているときに、ふとアイディアが思いつくことも。
散歩は心も頭もリフレッシュできるいい運動です。

自費出版した「つちふる」。自ら出版してみると、改めて本づくりの工程や苦労に気づけました。

足腰が鍛えられるし、外に向かって心が開かれるし、シニアにはいいことずくめです。

どんなふうに楽しむにしても、俳句はお金がかからないのがいいです。歳時記とノートと筆記具さえあれば、たぶん1000円かからず楽しめます。

60歳になる年には還暦の記念に、句集を自費出版しました。コロナ禍の巣ごもり時間に、13年分の俳句を整理。およそ3500の句の中から349の句を収めたものです。ひょんなことから始めて、まさか句集をつくることになるとは。

自分の振り返りになるので、できれば5年おきくらいに出し続けたいです。

人間関係はストレスフリーで

人生の残り時間を考える年になって決めました。

「ストレスになる人間関係はなるべく持たないようにする」

若いうちは「この人とのつながりが、先々大事になるかも。がまんしてつき合っておこう」などと打算的な考えから、無理することもありました。

でも、もうそんなことを言っていられません。生きている間に来るかどうかもわからない「先々」のために、今という時間をないがしろにするほどの余裕はないのです。それよりも「今、いっしょに楽しめる人との関係を大事にしたい」と思っています。

人間関係においてストレスになるのは、どういうことでしょうか。

端的には「意地悪をされる」。「意地悪」という言葉からして子どもめいていますが、大人どうしの間にもあるものです。

私も「あ、これはわざとだな」と気づくことはありました。

詳しくは書けませんが、壇上での意見交換で、席の並び順からして次は私の発言の番かと準備していると、進行役の人が私だけスルーして、話を回していく。

別の例では、ある団体のある役職に私がついていることが適任か、疑義を呈する電話があったといいます。

仕事以外の場では、前のジムにいたときのこと。ジムで知り合った女性が、あるときからふいに、挨拶を返さなくなりました。目の前で挨拶をしても、まるで私が見えていないかのように、眉ひとつ動かさず通りすぎます。絵に描いたような「無視」です。それまでは向こうからよく話しかけてきたので、何がどうなっているのかわかりませんでした。私が相手の気分を害することをしたのか、失礼があったのか。どうしてもわからなければ、しかたありません。人間だから単に相性が合わないこともあれば、やっかみもあり得るでしょう。気にしないようにし、「意地悪」をしかけてくる人と距離をおくに限ります。

「意地悪」をしてきた人のことを誰かに悪く言ったところで、一時的にすっきりしても、後味はよくないものです。どこからか本人の耳に入り、事態がもっと複雑化することもあり得ます。

自分に非があるかどうか、いったんは原因を探ることは必要ですが、思い当たるところがなかったら、考えるのは止めようと割り切っています。

挨拶を無視してきた女性の話には続きがあります。数年後に別のところでまたよく顔を合わせるようになったとき「前にお会いしたことがあるような。どこだったかしら」と話しかけられました。

「意地悪はされた方は覚えているが、した方は覚えていない」というのは、本当だなと思いました。拍子抜けして「悩むだけ損」と実感しました。

孤独と上手につき合う

若いときからひとり暮らしの私です。家の中に、私以外の人の立てる音や気配はありません。私が電気を消せば真っ暗です。ある意味で「孤独と隣り合わせ」に生きてきました。ただ年齢によって、感じる「孤独の質」は変化しています。

30代までは、ときどき思いをいたす孤独は、古今東西の人が悩んできたような哲学的なものでした。明け方の中途半端な時間に目覚めたときなどに、四角い天井を見上げながら、「どこから来て、どこへ行くのだろう。何のために生まれてきたのだろう」と漠たる思いにとらわれました。

40代でがんになると、そんな抽象的なことで悩んではいられなくなります。

目の前の病気と向き合うのに精一杯。死について考えるとしても、「今日受けた検査が、もし思わしくない結果だったらどうするか」といった具体的なことが頭の中を巡っていました。そのときに感じる孤独は「自分ひとりこの世界から切り離されていく」といったものでした。

がんが進行することなく40代が過ぎ、50代になると、また別種の不安を抱くようになります。「私の人生は、これまでよりもこれからが、あきらかに短い」と。女性の平均寿命からして、折り返し点を過ぎたためでしょう。

がんが進行した場合の「余命」の方がより短かっただろうに、進行を免れ、生き長らえるや「残り時間」を意識するのですから、人間とは不思議です。そのときの心象風景は、砂時計の砂がどんどん落ちていくというものでした。

やがて介護で忙しくなると、朝の寝床でもの思いにとらわれている時間がなくなりました。今は、50代のときより残り時間は減っています。そのぶん不安が増した、ということはありません。70代、80代と平均寿命に近づくとまた、目覚め

たとき仰向けで天井を眺めたまま、寄る辺ない思いが胸の上に重しのように乗っている気持ちになるかもしれませんが、そのときはそのときです。

同じひとり暮らしでも、家族と共にいた歳月が長くて、ひとりになったケースでは、孤独感が異なるかもしれません。そうしたケースは周囲にもあります。

ある女性は、子どもはなく、夫が亡くなってからたいへんな寂しさを感じました。住まいは団地だったので、家の前の外廊下に立ち、通る人と挨拶するようにしたそうです。別の女性は夫のみならず、子どもにも先立たれました。ひとりで家にいては危ないと思い、病院で案内係のボランティアを始めたと言います。

人と言葉を交わすといっても「こちらです」と手で指し示すくらいですが、孤独にさいなまれそうになったら、外に出て人と接するのが対処の一方法だと、彼女らのケースは教えています。

気にかけられたり、気にかけたりし合う存在になることが、孤独感を癒やすようです。

5章

私が心地よく生きられる体をつくる

病気との長いつき合いは日常生活に戻ってから始まる

年をとると、なかなか病気と無縁ではいられません。

私は40歳になったばかりでがんを患いました。がんはご存じのとおり、治療を終えてからも、病気との長いつき合いが続きます。そのこともあり健康には気を使うようになりました。

おそらくシニアのかたのほとんどが、どこかしらに体の不調を抱えていらっしゃるものと推察します。

日本人の持つ病気の多くは慢性疾患です。心臓の薬をずっと飲んでいる人、血圧のコントロールで苦労している人、腎臓のため塩分に注意している人など、病気と向き合いながら、日常生活を送っているシニアは周囲にもよくいます。

がんの話では「どうやって見つかったの」という問いを、必ずといっていいほど受けます。見つかったときからこれまでの経緯を、すでにお聞き及びのかたには恐縮ですが、記します。


きっかけは、発熱と腹痛が続いていて、医療機関を受診したことです。

薬をいただくと治るものの、また起こる。

その繰り返しで、なかなか改善されませんでした。

いくつかの検査を経て、腸のレントゲンを撮影。専門病院を受診することをすすめられ、ようやくがんと判明しました。

診断がつくまで、1年3カ月を要したのです。

といっても私のがんが「虫垂がん」とわかったのは、開腹手術をしてからです。

非常にまれで、かつ見つけにくいがんだそうで、私はたまたま虫垂炎を併発したことから受診につながりました。その意味では幸いといえます。

虫垂がんのようなまれながんは別として、多くのがんは、自治体や職場で行われる検診や人間ドックなどを受けることで、早期発見に結びつけます。がんを経験した今は、症状がなくても定期的に検診を受けています。

話が前後しましたが、がんと診断されたときはやはり、死につながる病という恐ろしさがありました。けれどそのときは、「しなくてはいけないこと」が多いのです。治療法を調べたり、入院までの段取りをしたり……。これから受ける治療への期待もありました。

がんの本当の怖さと向き合ったのは、手術を終えてからのことです。

説明にあたった医師の先生は言いました。目で見ることのできるがんは取り除きました、けれど、残っているがん細胞が増えて、再発・進行する可能性があります、5年間は通院してようすを見ますと。「治療を終えて日常生活に戻ってから、病気との長いつき合いが始まるのだ」とこのときわかりました。

ドラマなどでは、告知を受けるときが「底」で、治療を受けて「成功」したら右肩上がりでよくなっていくような描きかたがされます。それは心の経緯とは違っています。手術の「成功」＝治ったわけではなく、死の不安は依然としてあり、しかも手術はもう終わってしまっているので、これから始まる治療への期待もなくなる、いわば「なすすべがない」状況に陥ります。

病院の検査は、再発を見つけるためであって、防ぐものではない。防ぐ方法は何かないかと、漢方の処方を受けたり食事療法に取り組んだりしました。

病院での治療が一段落したところで、健康を守るためのさまざまな試行錯誤が始まるかたは多いと思います。

仕事は続けました。ただ治療から2年間は、がんになったことを人に話さずにいました。連絡がとりにくくなることから、入院することは伝えざるを得ないけど、理由は言いませんでした。当時はまだ「がん＝死」のイメージが強く、フリーで仕事を請け負っている身では、がんと知られると仕事を得られなくなる不安があったのです。「入院はしたらしいけど、もうふつうに仕事している」人として印象づけようとしました。

ただ隠すのも不自然ではあるのです。虫垂とともに大腸も切ったため、便通が不安定になります。会議や打ち合わせの間もしばしばトイレへ立たざるを得ません。病気のことを知らない人には「やる気がないのでは」「心ここにあらずなのでは」「集中力を欠いている」など、働く姿勢を疑われかねません。

そっちの方が仕事に支障を来しそうに思い、治療から2年後のタイミングで公表しました。

今はがんになっても、治療を受けながら働くことに対して、理解が進んできています。けれど、がんだけではなくほかの病気や介護、若い世代なら育児など、さまざまな理由で就労が困難になる状況を、変えていかなければなりません。社会全体では人手不足なのですから。

病気や介護、出産育児など、生きていればふつうに出合うライフイベントが仕事の切れ目にならない——そうした社会を望んでいます。

ひとりでもお家で楽しく健康ライフ

がんを経験したことは、人生のマイナスとは言い切れません。プラスになった面もあります。

一番大きなプラスは、「人生の途中で自分の体と向き合い、この体をどう長持ちさせていくかを、強く意識するようになった」ことです。

がんは生活習慣病の1つといわれます。生活習慣のみではなく、環境因子と遺伝因子が複雑に関係するそうですが、自分で変えられるのは生活習慣なので、そちらを見直そうと考えました。

もっとも食事は、あまり変える必要はなさそうでした。がんになった後で「がんにならないための食事」といった本を読むと、和食を中心にとか、玄米ごはんにしましょうとか、魚を積極的に食べましょう、野菜をたくさんとりましょうなど、がんになる以前から実践していることがほとんどでした。「ここに書かれていることは、ほぼしていたのに」と力が抜けてしまったほど。

とはいえ、何もしないわけにはいきません。

がんばったのは、運動習慣をつけること。はじめは歩くことでした。やがてジム通いをはじめました。

ジムには以前も入会していましたが、行くとしてもせいぜい2週間に1度。毎月会費を払っていても、ほとんど「貢いでいる」ようなものです。ジムの入っている建物を見上げては「私の貢いだお金は、窓ガラス1枚買えるくらいになっているかも」と思っていました。

その私が今や週に4日も5日も通っているのですから、たいへんな変化です。家でも運動をしています。気軽に鍛えられるのがバランスクッション。厚みと弾力のあるクッションの上に、片足で立ちます。

言えば簡単そうですが、意外と難しいです。つかんだコツは、全身の力をなるべく抜いて、下腹だけ固める。するとぐらつきが収まり、安定します。

それでも目を閉じると、難度が格段に上がります。視線を一箇所に定めることでバランスをとっているのでしょう。

目を閉じたまま保てるようになっても、ちょっと考え事がよぎると、とたんにぐらつきます。心と体が連動しているのがわかります。その応用で、頭をまっさらにするためにバランスクッションに乗ることもあります。

バランスクッションでは、両足で半分スクワットの姿勢で体重移動するなど、さまざまな運動ができます。体幹を鍛えることになりそうです。

そのかいあってか、30代でかなり深刻に悩まされた腰痛が、60代の今はすっかりなくなりました。ダンスフィットネスや〝句会散歩〟などの効果もあるかもしれません。

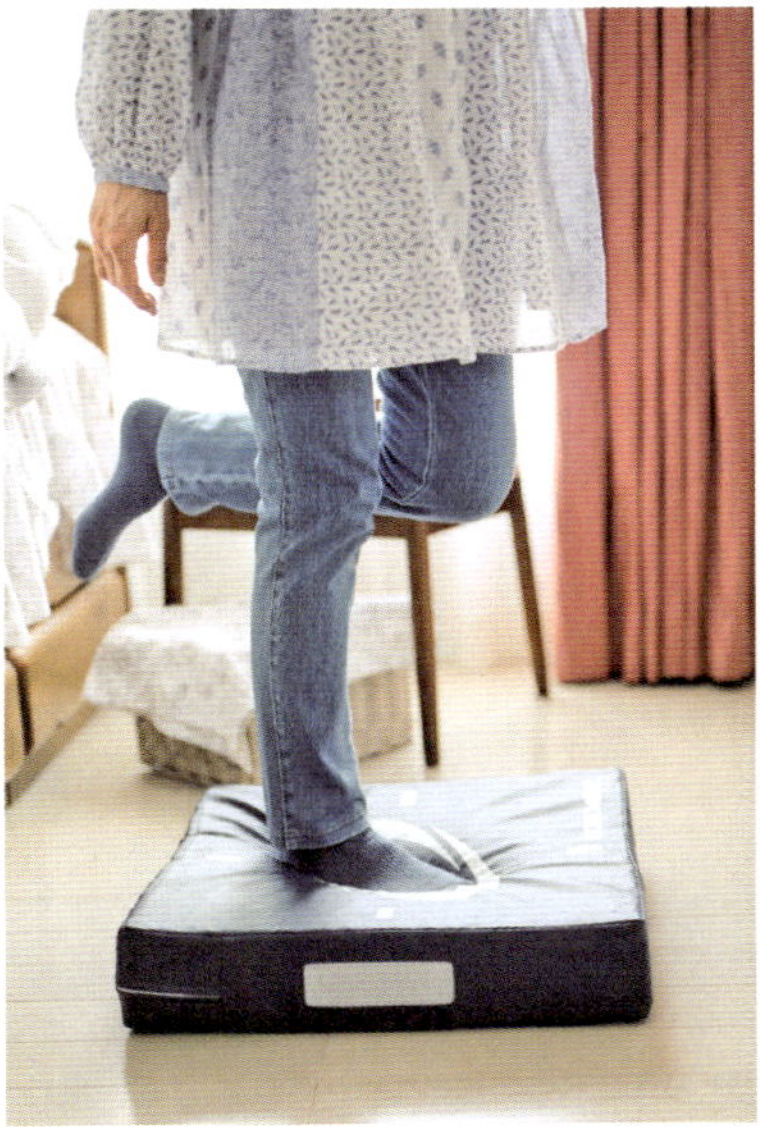

自宅で使用しているバランスクッション。
心が乱れていたり、悩んで考え込んでいるときも、ぐらついてうまく立てません。
バランスクッションはその日の「気持ち」を確認する役割も担ってくれます。

睡眠を削ってまでがんばらない

がんを経験して、体とのかかわりかたが変わりました。

以前は「がんばろうと思えば、体はついてきてくれる」という考えがどこかにありました。しかし、がん以降はときどき体の方を振り向いて、「だいじょうぶ？」と尋ねます。

とりわけ大事にしているのが「睡眠」です。

理想的な睡眠時間は人によって違うと思いますが、私は長めで、8時間寝たときがベストパフォーマンスだと感じています。

睡眠は心の状態に左右されるものです。気がかりなことがあったり、仕事が予定どおりに進むか不安だったりすると、緊張で寝つけなくなります。

私が運動をよくするのは、体を動かすと、ほどよい疲れが眠りへ導いてくれるからです。ジムに行かなかった日によく寝つけないと、ストレッチなど軽いエクササイズをします。

それから、漢方で寝つきのよくなる薬を処方してもらってもいます。

睡眠には環境も大事です。端的にはパジャマのゴム。締めつけを感じると悪い夢をみるので、自分で替えて緩くします。パジャマや寝具の素材は、静電気の起きにくいものにしています。

現実には8時間をなかなか確保できません。家事などをいろいろしていてなかなか終わらず、アラームをセットしたら、5時間後の表示が出ることもあります。そうした日が何日も続かないように心がけます。

「睡眠時間を削ってまでがんばろうとしてはいけない。がんばったところで、トータルでよいパフォーマンスは得られない」と自分に言い聞かせるのです。

寝室は落ち着く空間づくりを心がけています。
寝具はやわらかく、ふわふわの素材が好きです。

体組成計を体との対話ツールに

体重は多くのかたが気になさっていることと思います。同時に気になるのは、体重の「中身」。同じ体重でも、筋肉と脂肪の割合はどうなっているのか。

それを把握できるのが「体組成計」。私が使っているのはコンパクトなものです。薄くて、ちょっとした隙間に収まるので、狭い家にも置けます。

最初だけ設定が必要です。生年月日、身長、性別などを入力します。それさえすれば、後は裸足になって乗るだけ。体重、ＢＭＩ、体脂肪率、筋肉量、推定骨量、内臓脂肪のレベル、基礎代謝、体内年齢が順番に表示されます。

毎日時間を決めて乗っていると、自分のパターンがわかってきます。たとえば

「タニタ」の体組成計。ふつうの体重計に乗るだけではわからない情報を知ることができます。

「人と会った日は、体重がてきめんに落ちる」。ひとりが基本の私は、人といるとエネルギーを消耗するようです。

あるいは「運動をサボると、体重が減っても体脂肪率は増す」。筋肉が落ちるらしく、健康的なやせかたとはいえないようです。体重に一喜一憂するよりも「中身」が健康管理には大事と、身をもって感じるようになりました。

筋肉がある方が、動作をラクに行えます。「日常生活をラクにできる体」を目標に、体組成計を利用しています。

体組成計では私の体内年齢は、実年齢

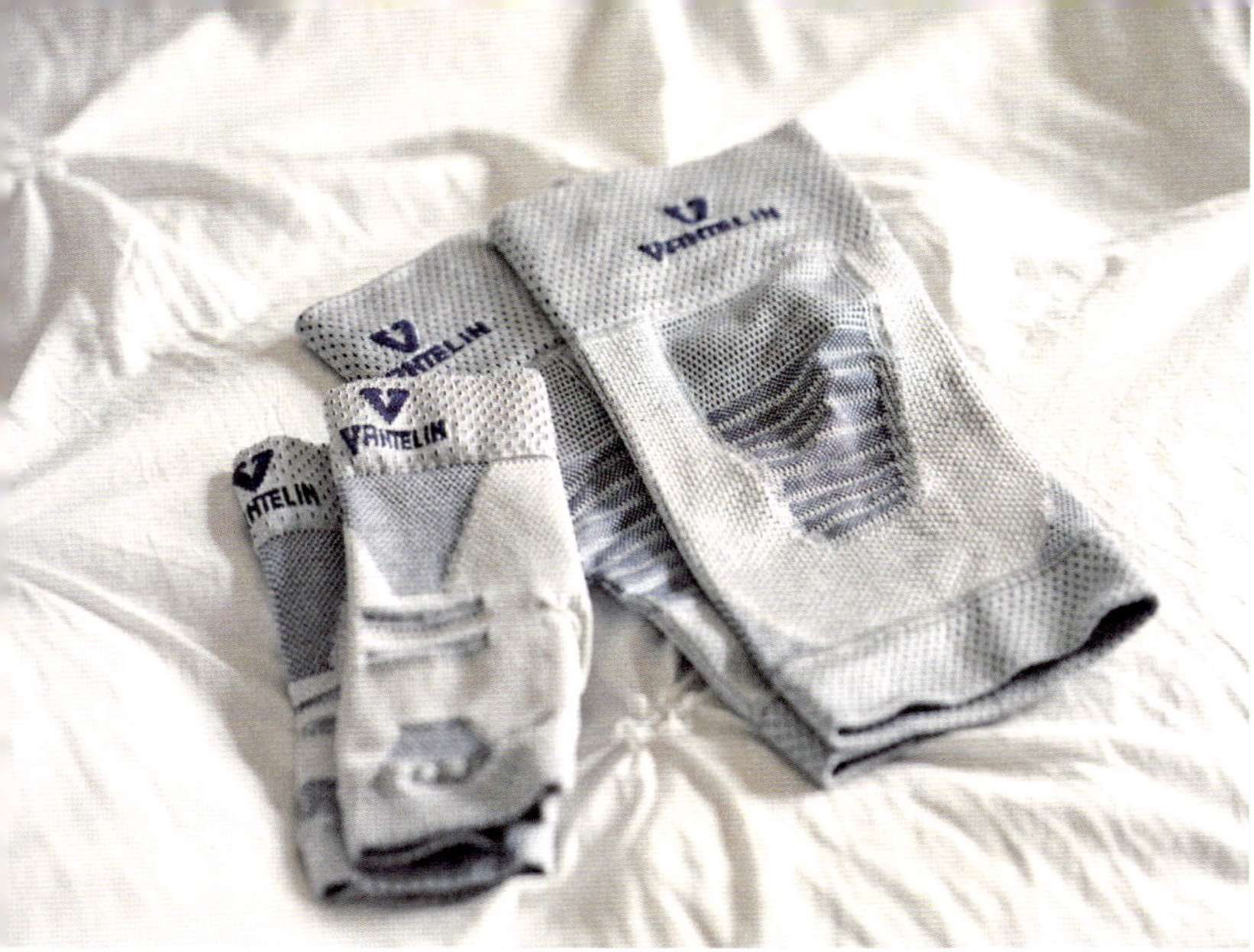

「バンテリン」のサポーター。
これをつけると関節の可動域がグンと上がります。

より15歳若く出ます。63歳の誕生日を迎えたら体内年齢も1歳上がって、実年齢との差は変わりませんでした。あくまでも推定値ではありますが、運動や食事づくりの励みになります。

このほかの欠かせない健康グッズはサポーター。ダンスフィットネスのときに膝と足首に着けます。あるとないとでは、膝と足首への負担感はもとより、安心感がまったく違うのです。ダンスのときのウェアは、ふだんは絶対着ることのない派手めのもの。心を若々しくする役割からは、健康グッズといえそうです。

ホルモン補充療法はシニア女性の健康サポーター

女性は50歳前後で、心身に大きな変化が訪れます。女性ホルモンの減少によるものです。

閉経の前後の10年間は、ご存じのとおり「更年期」と呼ばれ、さまざまな不調を経験します。症状は多岐にわたり、肩こり、腰痛、頭痛、めまい。疲れやすかったり、急にほてって汗が出たり、のぼせたり。不眠やイライラなどの精神的な症状にも悩まされます。

程度はさまざまで、人によっては日常生活がままならなくなるほどです。

起こるのは45歳から55歳ごろ。2、3年でおさまるとされていますが、7、8

年苦しむ人もいると聞きました。

母のその年代のころを振り返って「もしかしたらあれが更年期症状だったのだろうか」と思うことがあります。昔はそういう話は人にしないで、それぞれががまんしていたのかもしれません。

幸い今はオープンに語られるようになりましたし、女性のための有益な情報も得られやすい。その点では恵まれた時代にシニアになったと感じます。

漢方で症状を緩和している人もいます。

私が力を借りているのは、ホルモン補充療法。たまたま女性専門外来を取材して、ホルモン補充療法というものがあると知りました。

少なくなった女性ホルモンを薬によって補うもので、飲み薬、貼り薬、塗り薬があるそうです。2種類のホルモンを、その人に合ったしかたで補うよう、医師が判断して処方します。

せっかく来たからこの機会にと、自分のホルモン量を測っていただいたら、著しく少ない！　閉経してしばらく経ったころだったと思います。閉経したとたんに減るわけでもなく、しばらくは閉経前のレベルを維持し、あるとき急激に落ちるといいます。

私はよく聞く更年期の症状には、それほど苦しんでいませんでした。がんの後だったのでそちらの再発の心配や治療の後遺症の方に気が行っていたためもあります。

ホルモンの話を聞いて「そう言えば」と、思い当たったしだいです。私の場合は、皮膚が乾燥しやすくなったとか、シワが増えたとか、肌の老化として現れた感じでした。

そう、ホルモン補充療法に期待される効果は、さきに挙げたつらい症状の緩和のみならず、美容面にもあるのです。血管のしなやかさや、肌の潤いを保つなどするそうです。骨密度の低下も防ぐと聞きました。

私は飲み薬を処方していただき、今も続けています。保険適用のため、費用は月に1000円くらいです。

ホルモン補充療法については、がんのリスクを高めることを心配なさるかたもいるでしょう。がん経験者の私はかなり気にして、医師に充分に説明を受けました。

乳がんのリスクに及ぼす影響は非常に少ないというのが、今では世界の標準的な考えになっているそうです。子宮体がんのリスクへの影響は、2種類のホルモン剤を併用することで、なしにできるといいます。その点でも、医師の処方のもとで行うことが大事です。

私は逆に、ホルモン補充療法によって、女性専門外来へ通うことが習慣化しました。女性特有のがんの検診も欠かさず受けるようになりました。

体調の維持と病気のチェックにつながって、シニア期の私の健康をサポートするものになっています。

プラスアルファで美容面にも力を貸してくれているなら、うれしいです。

プラス漢方薬で体調を整える

若いうちはスタミナがあって、なまじ体も動けるから、無理が利いてしまうものです。がんばって、疲れて、倒れ込むように寝て。

それでもおおむね元気で、体のメンテナンスの必要を感じることはありませんでした。メンテナンスという発想そのものがなかった気がします。

がんの経験後はその意識が大きく変わりました。

これまで何度か言及した漢方も、がんを機に出合ったものです。前述のとおり西洋医学の病院で受ける治療が終わっても再発のリスクがあるため、何か防ぐ方法はないかと探した1つが、漢方でした。

それまで漢方は、風邪のひきかけに市販の葛根湯《かっこんとう》を飲むくらいでした。「未病に対応する薬」と聞いて試してみたいと思いました。が、どうアプローチしたらいいのかわかりませんでした。

そんな折、私と同じ病気をした家族を持つ人から、ご家族が漢方クリニックに通っていたと聞きました。受診すると、先生はまず脈をとります。漢方では脈から多くの情報を得るそうです。

それをもとに煎じ薬を処方されます。液体ではなく、大きなティーバッグのような袋でいただき、家で煎じます。煎じるのは面倒ではありません。調理家電の1つでマイコンの煎じ器というものがあり、機械にお任せです。

毎回煎じる必要もありません。3日分を一度に煎じて、あとは冷蔵庫に保存しています。

「どうですか」と効果をよく人に訊ねられますが、目に見えた変化というより、全体の調子がよくなります。体力を底上げするといいましょうか。疲れからの回復には、あきらかに役立っています。インフルエンザやコロナとは無縁で過ごせているので、免疫力の向上にも役立っているかもしれません。

漢方クリニックとは別に、一般的なクリニックでも漢方を処方してもらっています。こちらは「ツムラ」という会社の粉薬。手術の影響で詰まりやすくなっている腸の流れを整えるもので、西洋医学の先生も効果があるからと出して下さっています。

がん後に始めた漢方は、今や食事や運動と並んで体づくりの柱になっています。疲れやすいとか何となく元気が出ないとか、さまざまな不定愁訴に、シニアは悩まされます。そうした「病気以前の不調」への対応に漢方は向いていそうです。西洋医学のクリニックで漢方を出すところもありますし、町の漢方薬局もあります。一度相談してみるのもいいかもしれません。飲み合わせや副作用が漢方にもあるそうなので、そうした注意事項を知った上で取り入れられるのが心強いです。

医師とのコミュニケーションは“時短受診”でうまくいく

「病院慣れ」していない、それはいいことで、決して恥ずかしがることはありません。病気らしい病気もせず、健康な日々を送れていることの裏返しです。

ただ、そうはいってもシニアになると、病院に行かざるを得なくなる事態は起こり得ます。何らかの不調が生じたり、検診で引っかかってしまったり。

大きな病院に行かなければいけなくなると、気後れしてしまうものではないでしょうか。初めてだととくに。「何から話していいかわからなくて、何も聞けなかった。診察室を出てから、あれも聞けばよかった、これも聞けばよかったって後悔した」という人はよくいます。

私も最初はそうでした。大きな病院はすべてがスピーディーです。おおぜいの人が受診に来ていて、30分の枠に10人は予約が入っています。

急かされる気がして焦ってしまうのです。病院は非日常。診察室から呼ばれた段階で、喉はすでにカラカラで、目の前の人が白衣を着ているだけで緊張します。

それでも、自分の体、もっと言えば自分の命にかかわることだから、何もわからず帰るわけにはいかない。何とかしなければと、私がとった方法は「聞きたいことを、あらかじめ紙に書き出しておく」ことでした。

そして書き出しておくだけでなく「その紙を持って」診察室に入ることがポイントです。バッグの中にしのばせるのではありません。

手にしていると先生に「聞きたいことがあるのだな」とわかってもらえます。質問がスムーズにできて〝時短受診〟にもなります。

病院は、予約して行ってもたいてい待ちます。待ち時間を利用して、聞きたいことの紙をつくるのもいいでしょう。待っている間のイライラや、変なドキドキがなくてすみます。

診察室に入るときはノックは不要。ノックの代わりに「○○です」と名乗ったり「お願いします」などと挨拶したりしながら、入るようにしていました。ひと声出すと喉のカラカラが和らいで、質問がしやすくなります。

手術をした病院へは、10年以上通いました。その後は、地域にかかりつけ医を探すことになります。探しかたはいろいろあると思いますが、クリニックには失礼な言いかたになるけれど私は「お試し受診」をしました。

自治体の検診の機会に、検診を行っているクリニックの一覧表の中から、気になるクリニックに行ってみる。風邪などのちょっとした不調のときにかかってみる。クリニックの雰囲気や自分との相性などが、ある程度つかめます。「病院慣れ」していないかたには、医師とのコミュニケーションの練習になります。

健康であってもいずれお世話になると心得て、すこしずつ「慣らして」いきたいです。

「老後」という時間があることに感謝

人生の半ばで病気を経験、手術の後の説明では「手術で治った確率は30％」とのことでした。とっさに100％から引き算してしまい、

「ということは70％は治らない？」

おそらく顔色を変えていたのだと思います。医師はただちに「いいえ、50％としましょう」と言い直しました。

調べると私のかかったがんは、再発すると進行が速いとか、予後が不良とかの情報がいろいろ出てきて、

「私の人生はあと数年しかないのだろうか？」

と落ち込みました。それでも1つの節目である5年が過ぎ、10年が過ぎ、20年が過ぎ――幸いにして生き長らえることができ、63歳になりました。再発不安を抱えていたころは想像できなかった、胸が苦しくなりそうで想像することを自分に禁じていた年齢です。

シニアにほぼ仲間入りをして思うのは、「老後が不安ではあるけれど、老後という時間に恵まれたことには深く感謝。私にはなかったかもしれない時間だから」

子どものころに読んだ良寛さまの逸話を思い出します。

良寛さまは、お金を拾ってうれしいという人の話を聞きました。「それほどうれしいものなのか」と思った良寛さんは、試しに自分の持っていた一文銭を投げて、拾ってみました。

まったくうれしくありません。

もう一度投げてみたけど、やはりうれしくない。何度か繰り返すも、うれしい気持ちはわきません。

「だまされたのかな」と疑いながらも投げているうち、一文銭のゆくえを見失ってしまいました。懸命に探しても、見つかりません。

なおも探し回って、ようやく見つけることができました。そのときのよろこびといったら！　お金を拾うとはこれほどうれしいものなのかと、得心したのでした。

「なくしかけて初めて気づくありがたさ」といいますか、私の老後に対する感謝の念は、良寛さまのこの一文銭の話に通じそうです。

老後という時間は、誰もが当たり前に得られるものではありません。賜りものです。老後があることそのものの幸せをかみしめた上で、不安をすこしずつ減らしていくようつとめたいと思います。

老後を悲観しても始まらない　ある程度備えたら、あとは出たとこ勝負

老後について悲観材料を挙げはじめたら、尽きることはありません。
年とともに体は、認知も含めて衰えていく。
介護がいつか必要になる。
この家で暮らせなくなる日がやがて来る。
どこへ移り住むにも、先立つものが必要。いったいいくらあればいいのか。
「私はだいじょうぶ」と言える人は、たぶんいないでしょう。
どこまで備えれば「だいじょうぶ」なのか。「これで万全」と言える備えはあるのか。

ない、というのが正確なように思います。

私はひとりで暮らしてきたので、備えは早くから考えました。

30代で今の住まいを選んだのも、ひとえに老後のためでした。

持ち家があると、その不動産としての評価額に収まる中で、住みながら貸し付けを受けることができ、死後に売却して精算するしくみが、自治体により行われていたのです。

それなら住むところを失わず、年金では足りない生活費や介護のお金に充てられると考え、とにかくその自治体の中で家を探しました。

しかしその後、無事に購入したものの、そのしくみの方がなくなってしまいました。

同じくひとり暮らしの女性は、病気になってもだいじょうぶなよう、医療法人が経営する老人ホームを早くから見つけていました。

そこに入居すべく貯金に励んでいたところ、経営主体が変わって、提供されるサービスも大きく変わり、計画が崩れてしまいました。

将来は何が起こるかわかりません。世の中にも自分にも。

「これで万全」のつもりになってしまうのには、むしろ危うさを感じます。想定どおりに事が運ばなかったとき、「こんなはずではなかった」と裏切られた思いで、なかなか立ち直れなかったり、「もっと他の選択があっただろうに」と自分を責めたり、「どうしてこんなめぐりあわせに……」と運命を呪うような気持ちになったり、精神的に追い詰められそうです。

「万全」を求めずに、あるところで割り切るほかないと思います。

「考えつく備えは、できる限りした上で、今という時間を存分に楽しみたい。備えが役に立たないような、思いがけないことが起きたら、そのときはそのときで全力で立ち向かうほかない」

それが今の私の心境です。

考えついて、実行に移している備えはいくつかあります。的外れかもしれませんが、本人としては大真面目です。

「病気をするリスクをなるべく下げる」

生活習慣の影響が積もり積もったとはいえない年齢で病気になった私は、病気が努力で防ぎきれるものではないと重々承知していますが、それでもできることはしたい。具体的にしていることは、ここまでに書きました。

住まいについては、現時点で考えられる老化には対応できるよう、リフォームをしました。が、建物の構造上、車いすで通れるようにはできなかったところもあり、「万全」とはいえません。

体の状態が急に悪くならず、老化が徐々に進んでくれるなら、あと20年くらいはいけそうな気がしますが、建物の「老化」の方が急に進むかもしれず、やはり予測しきれないものです。

「好き」の詰まったこの家で、できるだけ長く暮らし、仕事も可能な限り続けて、趣味のダンスフィットネスはいくつまでかわからないけど、俳句や読書は楽しむ。

それが私の願いです。
願いどおりにいかなそうなことが起きたら、そのときは全力で取り組みます。
そういう姿勢でいることも「備え」の1つと考えています。

おわりに

サービス付き高齢者向け住宅を見学する機会に恵まれました。

部屋は、一般の賃貸住宅と同じように独立した空間ですが、安否確認のしくみや、医療機関との提携があるそうです。食事は、部屋のキッチンでつくってもいいし、施設内のレストランでとることもできるということでした。


病気の経験のある私は、医療機関との提携にひかれましたが、この先加齢が進んだら、食事をつくらなくていいことの方が、ありがたくなるかもしれません。

今も、苦でないつもりでいても、たまにつくるのを休むと、なんてラクなのだろうと思います。

数年前に、本でごいっしょした樋口恵子さんは、かつては、食事を楽しむとその終わりごろから次は何を食べようかと考えるくらい、食べることが好きだったけれど、だんだんにおっくうになっていったそうです。

私も好きであっても、手を引いていくようになることがあるのかと、10年後、20年後を想像してしまいました。

ひとり暮らしの私は、いつかは、高齢者向けの住宅なり施設なりに移りたいと思います。見学した部屋は、床の色が落ち着いたブラウンで、大人にふさわしい空間で、その上バリアフリーと、とても暮らしやすそうでした。が、私が借りられるとしたら、今いる2LDKより狭くなることは必至です。食器棚をはじめ愛着のある家具の多くと別れなければなりません。

けれど、それも「そのときはそのとき」。

愛着を執着にしないよう心がけます。

「好きなものに囲まれて、心穏やかに暮らす」旅を続けていると、この本の初めの方に書きました。旅のしかたは変わるものです。

「好きなものと人生の一時期を共に過ごせた」ことに感謝して、手放すつもりでいます。荷物を減らしても、人生の旅は続くのです。

63歳という年齢、幸いまだまだ動けること、資金が充分でないこともあり、どこかに移るまでには間がありそうです。

それまでは、手を抜くところを変えたり増やしたり、そのときどきの「要《かなめ》」を探りつつ、暮らしをつくっていきたいと思います。

ALBUM

岸本葉子《きしもとようこ》の暮《く》らしの要《かなめ》

著　者――岸本葉子（きしもと・ようこ）

発行者――押鐘太陽

発行所――株式会社三笠書房

〒102-0072 東京都千代田区飯田橋3-3-1

https://www.mikasashobo.co.jp

印　刷――誠宏印刷

製　本――若林製本工場

ISBN978-4-8379-4019-7 C0030

本書へのご意見やご感想、お問い合わせは、QRコード、
または下記URLより弊社公式ウェブサイトまでお寄せください。
https://www.mikasashobo.co.jp/c/inquiry/index.html

有元家の「これさえあれば」

有元葉子

これさえあれば、今日もおいしいごはんができる！「いつもの食材」で、「冷蔵庫のストック」で…パパッと作れる64品。疲れて帰っても、ちょっとした工夫、ちょっとした準備で手間なく食卓が整うヒントをご紹介します。

ひとり生きる 人生は幕引き直前まで面白い

堀文子

日本を代表する女流画家・堀文子の世界を知ると、老いることも楽しくなり、死の考え方、人間関係も一変する。堀文子の「言葉」「作品（カラー）」も多数掲載！　後悔しない人生を送るヒントが詰まった珠玉の一冊です。

「美しく生きる人」 一日24時間の〝時間割〟

浅野裕子

「魅力があれば、何もいらない。魅力がなければ、他に何があっても意味がない」『「20代」でやっておきたいこと』『「30代」でやっておきたいこと』をはじめ、数々の〝生き方〟指南書で大ベストセラーになった著者による渾身の書き下ろし！

ベスト・パートナーになるために

心理学博士ジョン・グレイ【著】／大島渚【訳】

「男は火星から、女は金星からやってきた」のキャッチフレーズで世界的大ベストセラーとなったJ・グレイ博士の本。「男と女——永遠の、そして一番大切なテーマを扱った不朽の名作」推薦・心屋仁之助

T40072